Kalif Storch

Kalif Storch

und andere Märchen von Feen, Hexen und Zauberern

Illustrationen
von
Jürgen Pankarz

Weltbild

Herausgegeben
von
Günter Frorath

Die Märchentexte wurden vom Herausgeber behutsam heutiger Ausdrucksweise und Rechtschreibung angeglichen.

Gebrüder Grimm

Tischchen deck dich, Goldesel und Knüppel aus dem Sack

Vor Zeiten war ein Schneider, der drei Söhne hatte und nur eine einzige Ziege. Aber die Ziege, weil sie alle zusammen mit ihrer Milch ernährte, mußte ihr gutes Futter haben und täglich hinaus auf die Weide geführt werden. Die Söhne taten das auch nach der Reihe. Einmal brachte sie der älteste auf den Kirchhof, wo die schönsten Kräuter standen, ließ sie da fressen und herumspringen. Abends, als es Zeit war heimzugehen, fragte er:

‹Ziege, bist du satt?› Die Ziege antwortete:

‹Ich bin so satt,
ich mag kein Blatt: meh! meh!›

‹So komm nach Haus›, sprach der Junge, faßte sie am Strickchen, führte sie in den Stall und band sie fest. ‹Nun›, sagte der alte Schneider, ‹hat die Ziege ihr gehöriges Futter?› - ‹O›, antwortete der Sohn, ‹die ist so satt, sie mag kein Blatt.› Der Vater aber wollte sich selbst überzeugen, ging hinab in den Stall, streichelte das liebe Tier und fragte: ‹Ziege, bist du auch satt?› Die Ziege antwortete:

‹Wovon sollt' ich satt sein?

ich sprang nur über Gräbelein
und fand kein einzig Blättelein: meh! meh!›

‹Was muß ich hören!› rief der Schneider, lief hinauf und sprach zu dem Jungen: ‹Ei, du Lügner sagst, die Ziege wäre satt, und hast sie hungern lassen?› Und in seinem Zorne nahm er die Elle von der Wand und jagte ihn mit Schlägen hinaus.

Am andern Tag war die Reihe am zweiten Sohn, der suchte an der Gartenhecke einen Platz aus, wo lauter gute Kräuter standen, und die Ziege fraß sie alle ab. Abends, als er heim wollte, fragte er: ‹Ziege, bist du satt?› Die Ziege antwortete:

‹Ich bin so satt,
ich mag kein Blatt: meh! meh!›

‹So komm nach Haus›, sprach der Junge, zog sie heim und band sie im Stalle fest. ‹Nun›, sagte der alte Schneider, ‹hat die Ziege ihr gehöriges Futter?› – ‹O›, antwortete der Sohn, ‹die ist so satt, sie mag kein Blatt.› Der Schneider wollte sich darauf nicht verlassen, ging hinab in den Stall und fragte: ‹Ziege, bist du auch satt?› Die Ziege antwortete:

‹Wovon sollt' ich satt sein?
ich sprang nur über Gräbelein
und fand kein einzig Blättelein: meh! meh!›

‹Der gottlose Bösewicht!› schrie der Schneider, ‹so ein frommes Tier hungern zu lassen!› lief hinauf und schlug mit der Elle den Jungen zur Haustüre hinaus.

Die Reihe kam jetzt an den dritten Sohn, der wollte seine Sache gut machen, suchte Buschwerk mit dem schönsten Laube aus und ließ die Ziege daran fressen. Abends, als er heim wollte, fragte er: ‹Ziege, bist du auch satt?› Die Ziege antwortete:

‹Ich bin so satt,
ich mag kein Blatt: meh! meh!›

‹So komm nach Haus›, sagte der Junge, führte sie in den Stall und band sie fest. ‹Nun›, sagte der alte Schneider, ‹hat die Ziege ihr gehöriges Futter?› - ‹O›, antwortete der Sohn, ‹die ist so satt, sie mag kein Blatt.› Der Schneider traute ihm nicht, ging hinab und fragte: ‹Ziege, bist du auch satt?› Das boshafte Tier antwortete:

‹Wovon sollt' ich satt sein?
ich sprang nur über Gräbelein
und fand kein einzig Blättelein: meh! meh!›

‹O die Lügenbrut!› rief der Schneider, ‹einer so gottlos und pflichtvergessen wie der andere! Ihr sollt mich nicht länger zum Narren haben!› Und vor Zorn ganz außer sich sprang er hinauf und gerbte dem armen Jungen mit der Elle den Rücken so gewaltig, daß er zum Haus hinaussprang.

Der alte Schneider war nun mit seiner Ziege allein. Am andern Morgen ging er hinab in den Stall, liebkoste die Ziege und sprach: ‹Komm, mein liebes Tierlein, ich will dich selbst zur Weide führen.› Er nahm sie am Strick und brachte sie zu grünen Hecken, und was sonst die Ziegen gerne fressen. ‹Da kannst du dich einmal nach Herzenslust sättigen›, sprach er zu ihr und ließ sie weiden bis zum Abend. Da fragte er: ‹Ziege, bist du satt?› Sie antwortete:

‹Ich bin so satt,
ich mag kein Blatt: meh! meh!›

‹So komm nach Haus›, sagte der Schneider, führte sie in den Stall und band sie fest. Als er wegging, kehrte er sich noch einmal um und sagte: ‹Nun bist du doch einmal satt!› Aber die Ziege machte es ihm nicht besser und rief:

‹Wie sollt' ich satt sein?
ich sprang nur über Gräbelein
und fand kein einzig Blättelein: meh! meh!›

Als der Schneider das hörte, stutzte er und sah wohl, daß er seine drei Söhne ohne Ursache verstoßen hatte. ‹Wart›, rief er, ‹du undankbares Geschöpf, dich fortzujagen, ist noch zu wenig, ich will dich zeichnen, daß du dich unter ehrbaren Schneidern nicht mehr darfst sehen lassen.› In seiner Hast sprang er hinauf, holte sein Bartmesser, seifte der Ziege den Kopf ein und schor sie so glatt wie seine flache Hand. Und weil die Elle zu ehrenvoll gewesen wäre, holte er die Peitsche und versetzte ihr solche Hiebe, daß sie in gewaltigen Sprüngen davonlief.

Der Schneider, als er so ganz einsam in seinem Hause saß, verfiel in große Traurigkeit und hätte seine Söhne gerne wieder gehabt, aber niemand wußte, wo sie hingeraten waren. Der älteste war zu einem Schreiner in die Lehre gegangen. Da lernte er fleißig und unverdrossen, und als seine Zeit herum war, daß er wandern sollte, schenkte ihm der Meister ein Tischchen, das gar kein besonderes Ansehen hatte und von gewöhnlichem Holz war: aber es hatte eine gute Eigenschaft. Wenn man es hinstellte und sprach: ‹Tischchen, deck dich›, so war das gute Tischchen auf einmal mit einem saubern Tüchlein bedeckt, und stand da ein Teller und Messer und Gabel daneben und Schüsseln mit Gesottenem und Gebratenem, und ein großes Glas mit rotem Wein leuchtete, daß einem das Herz lachte. Der junge Gesell dachte: ‹Damit hast du genug für dein Lebtag›, zog guter Dinge in der Welt umher und bekümmerte sich gar nicht darum, ob ein Wirtshaus gut oder schlecht und ob etwas darin zu finden war oder nicht. Wenn es ihm gefiel, so kehrte er gar nicht ein, sondern im Felde, im Wald, auf einer Wiese, wo er Lust hatte, nahm er sein Tischchen vom Rücken, stellte es vor sich und sprach: ‹Deck dich›, so war alles da, was sein Herz begehrte. Endlich kam es ihm in den Sinn, er wollte zu seinem Vater zurückkehren; sein Zorn würde sich gelegt haben, und mit dem Tischchen deck dich würde er ihn gerne wieder aufnehmen. Es trug sich zu, daß er auf dem Heimweg abends in ein Wirtshaus kam, das mit Gästen angefüllt war: sie hießen ihn willkommen und luden ihn ein, sich zu ihnen zu setzen und mit ihnen zu essen; sonst würde er schwerlich noch etwas bekommen. ‹Nein›, antwortete der Schreiner, ‹die paar Bissen will ich euch nicht vom Munde nehmen, lieber sollt ihr meine Gäste sein.› Sie lachten und meinten, er triebe seinen Spaß mit ihnen. Er aber stellte sein hölzernes Tischchen mitten in die Stube und sprach: ‹Tischchen, deck dich.› Augenblicklich war es mit Speisen besetzt, so gut wie sie der Wirt nicht hätte herbeischaffen können und wovon der Geruch den Gästen lieblich in die Nase stieg. ‹Zugegriffen, liebe Freunde›, sprach der Schreiner, und die Gäste, als sie sahen, wie es gemeint war, ließen sich nicht zweimal bitten, rückten heran, zogen ihre Messer und griffen tapfer zu. Und was sie am meisten verwunderte: wenn eine Schüssel leer geworden war, so stellte sich gleich von selbst eine volle an ihren Platz. Der Wirt stand in einer Ecke und sah dem Dinge zu; er wußte gar nicht, was er sagen sollte, dachte aber: ‹Einen solchen Koch könntest du in deiner Wirtschaft wohl brauchen.› Der Schreiner und seine Gesellschaft waren lustig bis in die späte Nacht; endlich legten sie sich schlafen, und der junge Geselle ging auch zu Bett und stellte sein Wünschtischchen an die Wand. Dem Wirte aber ließen seine Gedanken keine Ruhe; es fiel ihm ein, daß in seiner Rumpelkammer ein altes Tischchen stände, das gerade so aussähe: das holte er ganz sachte herbei und vertauschte es mit dem Wünschtischchen. Am andern Morgen zahlte der Schreiner sein Schlafgeld, packte sein Tischchen auf, dachte gar nicht daran, daß er ein falsches hätte, und ging seiner Wege. Zu Mittag kam er bei seinem Vater an, der ihn mit großer Freude empfing. ‹Nun, mein lieber Sohn, was hast du gelernt?› sagte er zu ihm. ‹Vater, ich bin ein Schreiner geworden.› – ‹Ein gutes Handwerk›, erwiderte der Alte, ‹aber was hast du von deiner Wanderschaft mitgebracht?› – ‹Vater, das Beste, was ich mitgebracht habe, ist das Tischchen.› Der Schneider betrachtete es von allen Seiten und sagte: ‹Daran hast du kein Meisterstück gemacht, das ist ein altes und schlechtes Tischchen.› – ‹Aber es ist ein Tischchen deck dich›, antwortete der Sohn, ‹wenn ich es hinstelle und sage ihm, es solle sich decken, so stehen gleich die schönsten Gerichte darauf und ein Wein dabei, der das Herz erfreut. Ladet nur alle Verwandte und Freunde ein, die sollen sich einmal laben und erquicken; denn das Tischchen macht sie alle satt.› Als die Gesellschaft beisammen war, stellte er sein Tischchen mitten in die Stube und sprach: ‹Tischchen, deck dich.› Aber das Tischchen regte sich nicht und blieb so leer wie ein anderer Tisch, der die Sprache nicht versteht. Da merkte der arme Geselle, daß ihm das Tischchen vertauscht war, und schämte sich, daß er wie ein Lügner da stand. Die Verwandten aber lachten ihn aus und mußten ungetrunken und ungegessen wieder heim wandern. Der Vater holte seine Lappen wieder herbei und schneiderte fort, der Sohn aber ging bei einem Meister in die Arbeit.

Der zweite Sohn war zu einem Müller gekommen und bei ihm in die Lehre gegangen. Als er seine Jahre herum hatte, sprach der Meister: ‹Weil du dich so wohl gehalten hast, so schenke ich dir einen Esel von einer besonderen Art, er zieht nicht am Wagen und trägt auch keine Säcke.› – ‹Wozu ist er denn nütze?› fragte der junge Geselle. ‹Er speit Gold›, antwortete der Müller, ‹wenn du ihn auf ein Tuch stellst und sprichst: «Bricklebrit», so speit dir das gute Tier Goldstücke aus, hinten und vorn.› – ‹Das ist eine schöne Sache›, sprach der Geselle, dankte dem Meister und zog in die Welt. Wenn er Gold nötig hatte, brauchte er nur zu seinem Esel: ‹Bricklebrit› zu sagen, so regnete es Goldstücke, und er hatte weiter keine Mühe, als sie von der Erde aufzuheben. Wo er hinkam, war ihm das Beste gut genug und je teurer, je lieber, denn er hatte immer einen vollen Beutel. Als er sich eine Zeitlang in der Welt umgesehen hatte, dachte er: ‹Du mußt deinen Vater aufsuchen. Wenn du mit dem Goldesel kommst, so wird er seinen Zorn vergessen und dich gut aufnehmen.› Es trug sich zu, daß er in dasselbe Wirtshaus geriet, in welchem seinem Bruder das Tischchen vertauscht war. Er führte seinen Esel an der Hand, und der Wirt wollte ihm das Tier abnehmen und anbinden, der junge Geselle aber sprach: ‹Gebt Euch keine Mühe, meinen Grauschimmel führe ich selbst in den Stall und binde ihn auch selbst an; denn ich muß wissen, wo er steht.› Dem Wirt kam das wunderlich vor, und er meinte, einer, der seinen Esel selbst besorgen müßte, hätte nicht viel zu verzehren: als aber der Fremde in die Tasche griff, zwei Goldstücke herausholte und sagte, er sollte nur etwas Gutes für ihn einkaufen, so machte er große Augen, lief und suchte das Beste, das er auftreiben konnte. Nach der Mahlzeit fragte der Gast, was er schuldig wäre; der Wirt sagte, noch ein paar Goldstücke müßte er zulegen. Der Geselle griff in die Tasche, aber sein Gold war eben zu Ende. ‹Wartet einen Augenblick, Herr Wirt›, sprach er, ‹ich will nur gehen und Gold holen›, nahm aber das Tischtuch mit. Der Wirt wußte nicht, was das heißen sollte, war neugierig, schlich ihm nach, und da der Gast die Stalltüre zuriegelte, so guckte er durch ein Astloch. Der Fremde breitete unter dem Esel das Tuch aus, rief: ‹Bricklebrit›, und augenblicklich fing das Tier an, Gold zu speien von hinten und vorn, daß es ordentlich auf die Erde herabregnete. ‹Ei der tausend›, sagte der Wirt, ‹da sind die Dukaten bald geprägt! So ein Geldbeutel ist nicht übel!› Der Gast bezahlte seine Zeche und legte sich schlafen, der Wirt aber schlich in der Nacht herab in den Stall, führte den Münzmeister weg und band einen andern Esel an seine Stelle. Den folgenden Morgen in der Frühe zog der Geselle mit seinem Esel ab und meinte, er hätte seinen Goldesel. Mittags kam er bei seinem Vater an, der sich freute, als er ihn wiedersah, und ihn gerne aufnahm. ‹Was ist aus dir geworden, mein Sohn?› fragte der Alte. ‹Ein Müller, lieber Vater›, antwortete er. ‹Was hast du von deiner Wanderschaft mitgebracht?› - ‹Weiter nichts als einen Esel.› - ‹Esel gibt's hier genug›, sagte der Vater, ‹da wäre mir doch eine gute Ziege lieber gewesen.‹ - ›Ja›, antwortete der Sohn, ‹aber es ist kein gemeiner Esel, sondern ein Goldesel: wenn ich sage: «Bricklebrit», so speit Euch das gute Tier ein ganzes Tuch voll Goldstücke. Laßt nur alle Verwandten herbeirufen, ich mache sie alle zu reichen Leuten.› - ‹Das laß ich mir gefallen›, sagte der Schneider, ‹dann brauch' ich mich mit der Nadel nicht weiter zu quälen›, sprang selbst fort und rief die Verwandten herbei. Sobald sie beisammen waren, hieß sie der Müller Platz machen, breitete sein Tuch aus und brachte den Esel in die Stube. ‹Jetzt gebt acht›, sagte er und rief: ‹Bricklebrit›, aber es waren keine Goldstücke, was herabfiel, und es zeigte sich, daß das Tier nichts von der Kunst verstand, denn nicht jeder Esel bringt es so weit. Da machte der arme Müller ein langes Gesicht, sah, daß er betrogen war, und bat die Verwandten um Verzeihung, die so arm heimgingen, als sie gekommen waren. Es blieb nichts übrig: der Alte mußte wieder nach der Nadel greifen und der Junge sich bei einem Müller verdingen.

Der dritte Bruder war zu einem Drechsler in die Lehre gegangen, und weil es ein kunstreiches Handwerk ist, mußte er am längsten lernen. Seine Brüder aber meldeten ihm in einem Briefe, wie schlimm es ihnen ergangen wäre und wie sie der Wirt noch am letzten Abende um ihre schönen Wünschdinge gebracht hätte. Als der Drechsler nun ausgelernt hatte und wandern sollte, so schenkte ihm sein Meister, weil er sich wohl gehalten, einen Sack und sagte: ‹Es liegt ein Knüppel darin.› – ‹Den Sack kann ich umhängen, und er kann mir gute Dienste leisten, aber was soll der Knüppel darin? Der macht ihn nur schwer.› - ‹Das will ich dir sagen›, antwortete der Meister, ‹hat dir jemand etwas zuleid getan, so sprich nur: «Knüppel, aus dem Sack», so springt dir der Knüppel heraus unter die Leute und tanzt ihnen so lustig auf dem Rücken herum, daß sie sich acht Tage lang nicht regen und bewegen können; und eher läßt er nicht ab, als bis du sagst: «Knüppel, in den Sack.»› Der Gesell dankte ihm, hing den Sack um, und wenn ihm jemand zu nahe kam und auf den Leib wollte, so sprach er: ‹Knüppel, aus dem Sack›, alsbald sprang der Knüppel heraus und klopfte einem nach dem andern den Rock oder Wams gleich auf dem Rücken aus und wartete nicht erst, bis er ihn ausgezogen hatte; und das ging so geschwind, daß, eh' sich's einer versah, die Reihe schon an ihm war. Der junge Drechsler langte zur Abendzeit in dem Wirtshaus an, wo seine Brüder waren betrogen worden. Er legte seinen Ranzen vor sich auf den Tisch und fing an zu erzählen, was er alles Merkwürdiges in der Welt gesehen habe. ‹Ja›, sagte er, ‹man findet wohl ein Tischchen deck dich, einen Goldesel und dergleichen: lauter gute Dinge, die ich nicht verachte, aber das ist alles nichts gegen den Schatz, den ich mir erworben habe und mit mir da in meinem Sack führe.› Der Wirt spitzte die Ohren: ‹Was in aller Welt mag das sein?› dachte er, ‹der Sack ist wohl mit lauter Edelsteinen angefüllt; den sollte ich auch noch haben; denn aller guten Dinge sind drei.› Als Schlafenszeit war, streckte sich der Gast auf die Bank und legte seinen Sack als Kopfkissen unter. Der Wirt, als er meinte, der Gast läge in tiefem Schlaf, ging herbei, rückte und zog ganz sachte und vorsichtig an dem Sack, ob er ihn vielleicht wegziehen und einen andern unterlegen könnte. Der Drechsler aber hatte schon lange darauf gewartet; wie nun der Wirt eben einen herzhaften Ruck tun wollte, rief er: ‹Knüppel, aus dem Sack.› Alsbald fuhr das Knüppelchen heraus, dem Wirt auf den Leib, und rieb ihm die Nähte, daß es eine Art hatte. Der Wirt schrie zum Erbarmen, aber je lauter er schrie, desto kräftiger schlug der Knüppel ihm den Takt dazu auf dem Rücken, bis er endlich erschöpft zur Erde fiel. Da sprach der Drechsler: ‹Wenn du das Tischchen deck dich und den Goldesel nicht wieder herausgibst, so soll der Tanz von neuem angehen.› – ‹Ach nein›, rief der Wirt ganz kleinlaut, ‹ich gebe alles gerne wieder heraus, laßt nur den verwünschten Kobold wieder in den Sack kriechen.› Da sprach der Geselle: ‹Ich will Gnade für Recht ergehen lassen, aber hüte dich vor Schaden!› Dann rief er: ‹Knüppel, in den Sack!› und ließ ihn ruhen.

Der Drechsler zog am andern Morgen mit dem Tischchen deck dich und dem Goldesel heim zu seinem Vater. Der Schneider freute sich, als er ihn wieder sah, und fragte auch ihn, was er in der Fremde gelernt hätte. ‹Lieber Vater›, antwortete er, ‹ich bin ein Drechsler geworden.› – ‹Ein kunstreiches Handwerk›, sagte der Vater, ‹was hast du von der Wanderschaft mitgebracht?› – ‹Ein kostbares Stück, lieber Vater›, antwortete der Sohn, ‹einen Knüppel in dem Sack.› – ‹Was!› rief der Vater, ‹einen Knüppel! Das ist der Mühe wert! Den kannst du dir von jedem Baume abhauen.› – ‹Aber einen solchen nicht, lieber Vater. Sage ich: ›Knüppel, aus dem Sack‹, so springt der Knüppel heraus und macht mit dem, der es nicht gut mit mir meint, einen schlimmen Tanz und läßt nicht eher nach, als bis er auf der Erde liegt und um gut Wetter bittet. Seht ihr, mit diesem Knüppel habe ich das Tischchen deck dich und den Goldesel wieder herbeigeschafft, die der diebische Wirt meinen Brüdern abgenommen hatte. Jetzt laßt sie beide rufen und ladet alle Verwandten ein: ich will sie speisen und tränken und will ihnen die Taschen noch mit Gold füllen.› Der alte Schneider wollte dem nicht recht trauen, brachte aber doch die Verwandten zusammen.

Da deckte der Drechsler ein Tuch in die Stube, führte den Goldesel herein und sagte zu seinem Bruder: ‹Nun, lieber Bruder, sprich mit ihm.› Der Müller sagte: ‹Bricklebrit›, und augenblicklich sprangen die Goldstücke auf das Tuch herab, als käme ein Platzregen, und der Esel hörte nicht eher auf, als bis alle so viel hatten, daß sie nicht mehr tragen konnten. (Ich sehe dir's an, du wärst auch gerne dabei gewesen.) Dann holte der Drechsler das Tischchen und sagte: ‹Lieber Bruder, nun sprich mit ihm.› Und kaum hatte der Schreiner: ‹Tischchen, deck dich› gesagt, so war es gedeckt und mit den schönsten Schüsseln reichlich besetzt. Da ward eine Mahlzeit gehalten, wie der gute Schneider noch keine in seinem Hause erlebt hatte, und die ganze Verwandtschaft blieb beisammen bis in die Nacht, und waren alle lustig und vergnügt. Der Schneider verschloß Nadel und Zwirn, Elle und Bügeleisen in einen Schrank und lebte mit seinen drei Söhnen in Freude und Herrlichkeit.

Wo ist aber die Ziege hingekommen, die schuld war, daß der Schneider seine drei Söhne fortjagte? Das will ich dir sagen. Sie schämte sich, daß sie einen kahlen Kopf hatte, lief in eine Fuchshöhle und verkroch sich hinein. Als der Fuchs nach Haus kam, funkelten ihm ein paar große Augen aus der Dunkelheit entgegen, daß er erschrak und wieder zurücklief. Der Bär begegnete ihm, und da der Fuchs ganz verstört aussah, so sprach er: ‹Was ist dir, Bruder Fuchs, was machst du für ein Gesicht?› – ‹Ach›, antwortete der Rote, ‹ein grimmig Tier sitzt in meiner Höhle und hat mich mit feurigen Augen angeglotzt.› – ‹Das wollen wir bald austreiben›, sprach der Bär, ging mit zu der Höhle und schaute hinein; als er aber die feurigen Augen erblickte, wandelte ihn ebenfalls Furcht an: er wollte mit dem grimmigen Tiere nichts zu tun haben und nahm Reißaus. Die Biene begegnete ihm, und da sie merkte, daß es ihm in seiner Haut nicht wohl zu Mute war, sprach sie: ‹Bär, du machst ja ein gewaltig verdrießlich Gesicht, wo ist deine Lustigkeit geblieben?› – ‹Du hast gut reden›, antwortete der Bär, ‹es sitzt ein grimmiges Tier mit Glotzaugen in dem Hause des Roten, und wir können es nicht herausjagen.› Die Biene sprach: ‹Du dauerst mich, Bär, ich bin ein armes, schwaches Geschöpf, das ihr im Wege nicht anguckt, aber ich glaube doch, daß ich euch helfen kann.› Sie flog in die Fuchshöhle, setzte sich der Ziege auf den glatten geschorenen Kopf und stach sie so gewaltig, daß sie aufsprang, ‹meh! meh!› schrie und wie toll in die Welt hineinlief; und niemand weiß bis zu dieser Stunde, wo sie hingelaufen ist.

GEBRÜDER GRIMM

Die sieben Raben

Ein Mann hatte sieben Söhne und immer noch kein Töchterchen, so sehr er sich's auch wünschte; endlich gab ihm seine Frau wieder gute Hoffnung zu einem Kinde, und wie's zur Welt kam, war's auch ein Mädchen. Die Freude war groß, aber das Kind war schmächtig und klein und sollte wegen seiner Schwachheit die Nottaufe haben. Der Vater schickte einen der Knaben eilends zur Quelle, Taufwasser zu holen: die andern sechs liefen mit, und weil jeder der erste beim Schöpfen sein wollte, so fiel ihnen der Krug in den Brunnen. Da standen sie und wußten nicht, was sie tun sollten, und keiner getraute sich heim. Als sie immer noch nicht zurückkamen, ward der Vater ungeduldig und sprach: ‹Gewiß haben sie's wieder über ein Spiel vergessen, die gottlosen Jungen.› Es ward ihm angst, das Mädchen müßte ungetauft verscheiden, und im Ärger rief er: ‹Ich wollte, daß die Jungen alle zu Raben würden.› Kaum war das Wort ausgesprochen, so hörte er ein Geschwirr über seinem Haupt in der Luft, blickte in die Höhe und sah sieben kohlschwarze Raben auf- und davonfliegen.

Die Eltern konnten die Verwünschung nicht mehr zurücknehmen, und, so traurig sie über den Verlust ihrer sieben Söhne waren, trösteten sie sich doch einigermaßen durch ihr liebes Töchterchen, das bald zu Kräften kam und mit jedem Tage schöner ward. Es wußte lange Zeit nicht einmal, daß es Geschwister gehabt hatte, denn die Eltern hüteten sich, es zu erwähnen, bis es eines Tags zufällig die Leute von sich sprechen hörte, das Mädchen wäre wohl schön, aber doch eigentlich schuld an dem Unglück seiner sieben Brüder. Da ward es ganz betrübt, ging zu Vater und Mutter und fragte, ob es denn Brüder gehabt hätte und wo sie hingeraten wären. Nun durften die Eltern das Geheimnis nicht länger verschweigen, sagten jedoch, es sei so des Himmels Verhängnis und seine Geburt nur der unschuldige Anlaß gewesen. Allein das Mädchen machte sich täglich ein Gewissen daraus und glaubte, es müßte seine Geschwister wieder erlösen. Es hatte nicht Ruhe und Rast, bis es sich heimlich aufmachte und in die weite Welt ging, seine Brüder irgendwo aufzuspüren und zu befreien, es möchte kosten, was es wollte. Es nahm nichts mit sich als ein Ringlein von seinen Eltern zum Andenken, einen Laib Brot für den Hunger, ein Krüglein Wasser für den Durst und ein Stühlchen für die Müdigkeit.

Nun ging es immerzu, weit, weit bis ans Ende der Welt. Da kam es zur Sonne, aber die war zu heiß und fürchterlich und fraß die kleinen Kinder. Eilig lief es weg und lief hin zu dem Mond, aber der war gar zu kalt und auch grausig und bös, und als er das Kind merkte, sprach er: ‹Ich rieche, rieche Menschenfleisch.› Da machte es sich geschwind fort und kam zu den Sternen, die waren ihm freundlich und gut, und jeder saß auf seinem besondern Stühlchen. Der Morgenstern aber stand auf, gab ihm ein Hinkelbeinchen und sprach: ‹Wenn du das Beinchen nicht hast, kannst du den Glasberg nicht aufschließen, und in dem Glasberg, da sind deine Brüder.›

Das Mädchen nahm das Beinchen, wickelte es wohl in ein Tüchlein und ging wieder fort, so lange, bis es an den Glasberg kam. Das Tor war verschlossen, und es wollte das Beinchen hervorholen, aber wie es das Tüchlein aufmachte, so war es leer, und es hatte das Geschenk der guten Sterne verloren. Was sollte es nun anfangen? Seine Brüder wollte es erretten und hatte keinen Schlüssel zum Glasberg. Das gute Schwesterchen nahm ein Messer, schnitt sich ein kleines Fingerchen ab, steckte es in das Tor und schloß glücklich auf. Als es hingegangen war, kam ihm ein Zwerglein entgegen, das sprach: ‹Mein Kind, was suchst du?› - ‹Ich suche meine Brüder, die sieben Raben›, antwortete es. Der Zwerg sprach: ‹Die Herren Raben sind nicht zu Haus, aber willst du hier so lang warten, bis sie kommen, so

tritt ein.› Darauf trug das Zwerglein die Speise der Raben herein auf sieben Tellerchen und in sieben Becherchen, und von jedem Tellerchen aß das Schwesterchen ein Bröckchen, und aus jedem Becherchen trank es ein Schlückchen; in das letzte Becherchen aber ließ es das Ringlein fallen, das es mitgenommen hatte.

Auf einmal hörte es in der Luft ein Geschwirr und ein Gewehe; da sprach das Zwerglein: ‹Jetzt kommen die Herren Raben heimgeflogen.› Da kamen sie, wollten essen und trinken und suchten ihre Tellerchen und Becherchen. Da sprach einer nach dem andern: ‹Wer hat von meinem Tellerchen gegessen? Wer hat aus meinem Becherchen getrunken? Das ist eines Menschen Mund gewesen.› Und wie der siebente auf den Grund des Bechers kam, rollte ihm das Ringlein entgegen. Da sah er es an und erkannte, daß es ein Ring von Vater und Mutter war, und sprach: ‹Gott gebe, unser Schwesterlein wäre da, so wären wir erlöst.› Wie das Mädchen, das hinter der Türe stand und lauschte, den Wunsch hörte, so trat es hervor, und da bekamen alle die Raben ihre menschliche Gestalt wieder. Und sie herzten und küßten einander und zogen fröhlich heim.

Gebrüder Grimm
Die Bienenkönigin

Zwei Königssöhne gingen einmal auf Abenteuer und gerieten in ein wildes, wüstes Leben, so daß sie gar nicht wieder nach Haus kamen. Der jüngste, welcher der Dummling hieß, machte sich auf und suchte seine Brüder: aber wie er sie endlich fand, verspotteten sie ihn, daß er mit seiner Einfalt sich durch die Welt schlagen wollte, und sie zwei könnten nicht durchkommen und wären doch viel klüger. Sie zogen alle drei miteinander fort und kamen an einen Ameisenhaufen. Die zwei ältesten wollten ihn aufwühlen und sehen, wie die kleinen Ameisen in der Angst herumkröchen und ihre Eier forttrügen, aber der Dummling sagte: ‹Laßt die Tiere in Frieden, ich leid's nicht, daß ihr sie stört.› Da gingen sie weiter und kamen an einen See, auf dem schwammen viele, viele Enten. Die zwei Brüder wollten ein paar fangen und braten, aber der Dummling ließ es nicht zu und sprach: ‹Laßt die Tiere in Frieden, ich leid's nicht, daß ihr sie tötet.› Endlich kamen sie an ein Bienennest, darin war so viel Honig, daß er am Stamm herunterlief. Die zwei wollten Feuer unter den Baum legen und die Bienen ersticken, damit sie den Honig wegnehmen könnten. Der Dummling hielt sie aber wieder ab und sprach: ‹Laßt die Tiere in Frieden, ich leid's nicht, daß ihr sie verbrennt.› Endlich kamen die drei Brüder in ein Schloß, wo in den Ställen lauter steinerne Pferde standen, auch war kein Mensch zu sehen, und sie gingen durch alle Säle, bis sie vor eine Tür ganz am Ende kamen, davor hingen drei Schlösser; es war aber mitten in der Türe ein Fensterchen, dadurch konnte man in die Stube sehen. Da sahen sie ein graues Männchen, das an einem Tisch saß. Sie riefen es an, einmal, zweimal, aber es hörte nicht: endlich riefen sie zum drittenmal, da stand es auf, öffnete die Schlösser und kam heraus. Es sprach aber kein Wort, sondern führte sie zu einem reichbesetzten Tisch: und als sie gegessen und getrunken hatten, brachte es einen jeglichen in sein eigenes Schlafgemach. Am andern Morgen kam das graue Männchen zu dem ältesten, winkte und leitete ihn zu einer steinernen Tafel, darauf standen drei Aufgaben geschrieben, wodurch das Schloß erlöst werden könnte. Die erste war: in dem Wald unter dem Moos lagen die Perlen der Königstochter, tausend an der Zahl, die mußten aufgesucht werden, und wenn vor Sonnenuntergang noch eine einzige fehlte, so ward der, welcher gesucht hatte, zu Stein. Der älteste ging hin und suchte den ganzen Tag, als aber der Tag zu Ende war, hatte er erst hundert gefunden; es geschah, wie auf der Tafel stand, er ward in Stein verwandelt. Am folgenden Tag unternahm der zweite Bruder das Abenteuer: es ging ihm aber nicht viel besser als dem ältesten, er fand nicht mehr als zweihundert Perlen und ward zu Stein. Endlich kam auch der Dummling an die Reihe, der suchte im Moos, es war aber so schwer, die Perlen zu finden, und ging so langsam.

Da setzte er sich auf einen Stein und weinte. Und wie er so saß, kam der Ameisenkönig, dem er einmal das Leben erhalte hatte, mit fünftausend Ameisen, und es währte gar nicht lange, so hatten die kleinen Tiere die Perlen miteinander gefunden und auf einen Haufen getragen. Die zweite Aufgabe aber war, den Schlüssel zu der Schlafkammer der Königstochter aus dem See zu holen. Wie der Dummling zum See kam, schwammen die Enten, die er einmal gerettet hatte, heran, tauchten unter und holten den Schlüssel aus der Tiefe. Die dritte Aufgabe aber war die schwerste, aus den drei schlafenden Töchtern des Königs sollte die jüngste und die liebste herausgesucht werden. Sie glichen sich aber vollkommen und waren durch nichts verschieden, als daß sie, bevor sie eingeschlafen waren, verschiedene Süßigkeiten gegessen hatten: die älteste ein Stück Zucker, die zweite ein wenig Sirup, die jüngste einen Löffel voll Honig. Da kam die Bienenkönigin von den Bienen, die der Dummling vor dem Feuer geschützt hatte, und versuchte den Mund von allen dreien; zuletzt blieb sie auf dem Mund sitzen, der Honig gegessen hatte, und so erkannte der Königssohn die rechte. Da war der Zauber vorbei, alles war aus dem Schlaf erlöst, und wer von Stein war, erhielt seine menschliche Gestalt wieder. Und der Dummling vermählte sich mit der jüngsten und liebsten und ward König nach ihres Vaters Tod; seine zwei Brüder aber erhielten die beiden anderen Schwestern.

Ludwig Bechstein

Der alte Zauberer und seine Kinder

Es lebte einmal ein böser Zauberer, der hatte vorlängst zwei zarte Kinder geraubt, einen Knaben und ein Mägdlein, mit denen er in einer Höhle ganz einsam und einsiedlerisch hauste. Diese Kinder hatte er, Gott sei's geklagt, dem Teufel versprochen, und seine schlimme Kunst übte er aus einem Zauberbuche, das er als seinen besten Schatz verwahrte.

Wenn es nun aber geschah, daß der alte Zauberer sich aus seiner Höhle entfernte und die Kinder allein in derselben zurückblieben, so las der Knabe, welcher den Ort erspäht hatte, wohin der Alte das Zauberbuch verbarg, in dem Buche und lernte daraus gar manchen Spruch und manche Formel der Schwarzkunst und lernte selbst ganz trefflich zaubern. Weil nun der Alte die Kinder nur selten aus der Höhle ließ und sie gefangenhalten wollte bis zu dem Tage, wo sie dem Bösen zum Opfer fallen sollten, so sehnten sie sich um so mehr von dannen, berieten miteinander, wie sie heimlich entfliehen wollten, und eines Tages, als der Zauberer die Höhle sehr zeitig verlassen hatte, sprach der Knabe zur Schwester: ‹Jetzt ist es Zeit,

Schwesterlein! Der böse Mann, der uns so hart gefangen hält, ist fort, so wollen wir uns jetzt aufmachen und von dannen gehen, soweit uns unsere Füße tragen!› Dies taten die Kinder, gingen fort und wanderten den ganzen Tag.

Als es nun gegen Nachmittag ging, war der Zauberer nach Hause zurückgekehrt und hatte sogleich die Kinder vermißt. Alsbald schlug er sein Zauberbuch auf und las darin, nach welcher Gegend die Kinder gegangen waren, und hatte er sie fast eingeholt; die Kinder vernahmen schon seine zornig brüllende Stimme, und die Schwester war voller Angst und Entsetzen und rief: ‹Bruder, Bruder! Nun sind wir verloren; der böse Mann ist schon ganz nahe!› Da wandte der Knabe seine Zauberkunst an, die er gelernt hatte aus dem Buche; er sprach einen Spruch, und alsbald wurde seine Schwester zu einem Fisch, und er selbst wurde ein großer Teich, in welchem das Fischlein munter herumschwamm.

Wie der Alte an den Teich kam, merkte er wohl, daß er betrogen war, brummte ärgerlich: ‹Wartet nur, wartet nur, euch fange ich doch!› und lief spornstreichs nach seiner Höhle zurück, Netze zu holen und den Fisch darin zu fangen. Wie er aber von hinnen war, wurden aus dem Teich und dem Fisch wieder Bruder und Schwester, die versteckten sich gut und schliefen aus, und am andern Morgen wanderten sie weiter und wanderten wieder einen ganzen Tag.

Als der böse Zauberer mit seinen Netzen an die Stelle kam, die er sich wohl gemerkt hatte, war kein Teich mehr zu sehen, sondern es lag eine grüne Wiese da, in der es wohl Frösche, aber keine Fische zu fangen gab; da wurde er noch zorniger als zuvor, warf seine Netze hin und verfolgte weiter die Spur der Kinder, die ihm nicht entging, denn er trug eine Zaubergerte in der Hand, welche ihm den richtigen Weg zeigte.

Und als es Abend war, hatte er die wandernden Kinder beinahe wieder eingeholt; sie hörten ihn schon schnauben und brüllen, und die Schwester rief wieder: ‹Bruder, lieber Bruder! Jetzt sind wir verloren, der böse Feind ist dicht hinter uns!›

Da sprach der Knabe wiederum einen Zauberspruch, den er aus dem Buche gelernt, und da ward aus ihm eine Kapelle am Weg und aus dem Mägdlein ein schönes Altarbild in der Kapelle.

Wie nun der Zauberer an die Kapelle kam, merkte er wohl, daß er abermals geäfft war, und lief fürchterlich brüllend um dieselbe herum; er durfte sie aber nicht betreten, weil das im Vertrag des Zauberers mit dem Bösen stand, daß er niemals eine Kirche oder eine Kapelle betreten durfte.

‹Darf ich dich auch nicht betreten, so will ich dich doch mit Feuer anstoßen und auch zu Asche brennen!› schrie der Zauberer und rannte fort, sich aus seiner Höhle Feuer zu holen.

Während er nun fast die ganze Nacht hindurch rannte, wurden aus der Kapelle und dem schönen Altarbild wieder Bruder und Schwester; sie versteckten sich und schliefen, und am dritten Morgen wanderten sie weiter und wanderten den ganzen Tag, während der Zauberer, der einen weiten Weg hatte, ihnen aufs neue nachsetzte. Als er mit seinem Feuer dahin kam, wo die Kapelle gestanden, stieß er mit der Nase an einen großen Steinfelsen, und dann rannte er mit wütenden Sprüngen auf der Spur der Kinder weiter fort.

Gegen Abend war er ihnen nun ganz nahe, und zum drittenmal verzagte die Schwester und gab sich verloren; aber der Knabe sprach wieder einen Zauberspruch, den er aus dem Buche gelernt, da ward er eine harte Tenne, darauf die Leute dreschen, und sein Schwesterlein war in ein Körnlein verwandelt, das wie verloren auf der Tenne lag.

Als der böse Zauberer herankam, sah er wohl, daß er zum drittenmal geäfft war, besann sich aber diesmal nicht lange, lief auch nicht erst wieder nach Hause, sondern sprach auch einen Spruch, den er aus dem Zauberbuche gelernt hatte; da ward er in einen schwarzen Hahn verwandelt, der schnell auf das Gerstenkorn zulief, um es aufzupicken; aber der Knabe sprach noch einmal einen Zauberspruch, den er aus dem Buche gelernt, da wurde er schnell ein Fuchs, packte den schwarzen Hahn, ehe er noch das Gerstenkorn aufgepickt hatte, und biß ihm den Kopf ab. Da hatte der Zauberer, wie dies Märchen, gleich ein Ende.

Wilhelm Hauff

Die Geschichte von Kalif Storch

I

Der Kalif Chasid zu Bagdad saß einmal an einem schönen Nachmittag behaglich auf seinem Sofa; er hatte ein wenig geschlafen, denn es war ein heißer Tag, und sah nun nach seinem Schläfchen recht heiter aus. Er rauchte aus einer langen Pfeife von Rosenholz, trank hie und da ein wenig Kaffee, den ihm ein Sklave einschenkte, und strich sich allemal vergnügt den Bart, wenn es ihm geschmeckt hatte. Kurz, man sah dem Kalifen an, daß es ihm recht wohl war. Um diese Stunde konnte man gar gut mit ihm reden, weil er da immer recht mild und leutselig war, deswegen besuchte ihn auch sein Großwesir Mansor alle Tage um diese Zeit. An diesem Nachmittag nun kam er auch, sah aber sehr nachdenklich aus, ganz gegen seine Gewohnheit. Der Kalif tat die Pfeife ein wenig aus dem Mund und sprach: ‹Warum machst du ein so nachdenkliches Gesicht, Großwesir!›.

Der Großwesir schlug seine Arme kreuzweis über die Brust, verneigte sich vor seinem Herrn und antwortete: ‹Herr! ob ich ein nachdenkliches Gesicht mache, weiß ich nicht, aber da drunten am

Schloß steht ein Krämer, der hat so schöne Sachen, daß es mich ärgert, nicht viel überflüssiges Geld zu haben.›

Der Kalif, der seinem Großwesir schon lange gern eine Freude gemacht hätte, schickte seinen schwarzen Sklaven hinunter, um den Krämer heraufzuholen. Bald kam der Sklave mit dem Krämer zurück. Dieser war ein kleiner dicker Mann, schwarzbraun im Gesicht und in zerlumptem Anzug. Er trug einen Kasten, in welchem er allerhand Waren hatte: Perlen und Ringe, reichbeschlagene Pistolen, Becher und Kämme. Der Kalif und sein Wesir musterten alles durch, und der Kalif kaufte endlich für sich und Mansor schöne Pistolen, für die Frau des Wesirs aber einen Kamm. Als der Krämer seinen Kasten schon wieder zumachen wollte, sah der Kalif eine kleine Schublade und fragte, ob da auch noch Waren seien. Der Krämer zog die Schublade heraus und zeigte darin eine Dose mit schwärzlichem Pulver und ein Papier mit sonderbarer Schrift, die weder der Kalif noch Mansor lesen konnten. ‹Ich bekam einmal diese zwei Stücke von einem Kaufmann, der sie in Mekka auf der Straße fand›, sagte der Krämer, ‹ich weiß nicht, was sie enthalten; Euch stehen sie um geringen Preis zu Dienst, ich kann doch nichts damit anfangen.› Der Kalif, der in seiner Bibliothek gerne alte Manuskripte hatte, wenn er sie auch nicht lesen konnte, kaufte Schrift und Dose und entließ den Krämer. Der Kalif aber dachte, er möchte gerne wissen, was die Schrift enthalte, und fragte den Wesir, ob er keinen kenne, der es entziffern könnte. ‹Gnädigster Herr und Gebieter›, antwortete dieser, ‹an der großen Moschee wohnt ein Mann, er heißt Selim, der Gelehrte, der versteht alle Sprachen, laß ihn kommen, vielleicht kennt er diese geheimnisvollen Züge.›

Der Gelehrte Selim war bald herbeigeholt. ‹Selim›, sprach zu ihm der Kalif, ‹Selim, man sagt, du seiest sehr gelehrt; guck einmal ein wenig in diese Schrift, ob du sie lesen kannst; kannst du sie lesen, so bekommst du ein neues Festkleid von mir, kannst du es nicht, so bekommst du zwölf Backenstreiche und fünfundzwanzig auf die Fußsohlen, weil man dich dann umsonst Selim, den Gelehrten, nennt.› Selim verneigte sich und sprach: ‹Dein Wille geschehe, o Herr!› Lange betrachtete er die Schrift, plötzlich aber rief er aus: ‹Das ist lateinisch, o Herr, oder ich laß mich hängen.› ‹Sag, was drin steht›, befahl der Kalif, ‹wenn es lateinisch ist.›

Selim fing an zu übersetzen: ‹Mensch, der du dieses findest, preise Allah für seine Gnade. Wer von dem Pulver in dieser Dose schnupft und dazu spricht: «Mutabor», der kann sich in jedes Tier verwandeln und versteht auch die Sprache der Tiere. Will er wieder in seine menschliche Gestalt zurückkehren, so neige er sich dreimal gen Osten und spreche jenes Wort; aber hüte dich, wenn du verwandelt bist, daß du nicht lachest, sonst verschwindet das Zauberwort gänzlich aus deinem Gedächtnis, und du bleibst ein Tier.›

Als Selim, der Gelehrte, also gelesen hatte, war der Kalif über die Maßen vergnügt. Er ließ den Gelehrten schwören, niemand etwas von dem Geheimnis zu sagen, schenkte ihm ein schönes Kleid und entließ ihn. Zu seinem Großwesir aber sagte er: ‹Das heiß ich gut einkaufen, Mansor! Wie freue ich mich, bis ich ein Tier bin. Morgen früh kommst du zu mir; wir gehen dann miteinander aufs Feld, schnupfen etwas weniges aus meiner Dose und belauschen dann, was in der Luft und im Wasser, im Wald und Feld gesprochen wird!›

II

Kaum hatte am andern Morgen der Kalif Chasid gefrühstückt und sich angekleidet, als schon der Großwesir erschien, ihn, wie er befohlen, auf dem Spaziergang zu begleiten. Der Kalif steckte die Dose mit dem Zauberpulver in den Gürtel, und nachdem er seinem Gefolge befohlen, zurückzubleiben, machte er sich mit dem Großwesir ganz allein auf den Weg. Sie gingen zuerst durch die weiten Gärten des Kalifen, spähten aber vergebens nach etwas Lebendigem, um ihr Kunststück zu probieren. Der Wesir schlug endlich vor, weiter hinaus an einen Teich zu gehen, wo er schon oft viele Tiere, namentlich Störche, gesehen habe, die durch ihr gravitätisches Wesen und ihr Geklapper immer seine Aufmerksamkeit erregt hätten.

Der Kalif billigte den Vorschlag seines Wesirs und ging mit ihm dem Teich zu. Als sie dort angekommen waren, sahen sie einen Storchen ernsthaft auf und ab gehen, Frösche suchend, und hie und da etwas vor sich hinklappernd. Zugleich sahen sie auch weit oben in der Luft einen andern Storch dieser Gegend zuschweben.

‹Ich wette meinen Bart, gnädigster Herr›, sagte der Großwesir, ‹wenn nicht diese zwei Langfüßler ein schönes Gespräch miteinander führen werden. Wie wäre es, wenn wir Störche würden?›

‹Wohl gesprochen!› antwortete der Kalif. ‹Aber vorher wollen wir noch einmal betrachten, wie man wieder Mensch wird. - Richtig! dreimal gen Osten geneigt und «Mutabor» gesagt, so bin ich wieder Kalif und du Wesir. Aber nur um Himmels willen nicht gelacht, sonst sind wir verloren!›

Während der Kalif also sprach, sah er den andern Storchen über ihrem Haupte schweben und langsam sich zur Erde lassen. Schnell zog er die Dose aus dem Gürtel, nahm eine gute Prise, bot sie dem Großwesir dar, der gleichfalls schnupfte, und beide riefen: ‹Mutabor.›

Da schrumpften ihre Beine ein und wurden dünn und rot, die schönen gelben Pantoffel des Kalifen und seines Begleiters wurden unförmliche Storchfüße, die Arme wurden zu Flügeln, der Hals fuhr aus den Achseln und ward eine Elle lang, der Bart war verschwunden, und den Körper bedeckten weiche Federn.

‹Ihr habt einen hübschen Schnabel, Herr Großwesir›, sprach nach langem Erstaunen der Kalif. ‹Beim Bart des Propheten, so etwas habe ich in meinem Leben nicht gesehen.›

‹Danke untertänigst›, erwiderte der Großwesir, indem er sich bückte, ‹aber wenn ich es wagen darf zu behaupten, Eure Hoheit sehen als Storch beinahe noch hübscher aus denn als Kalif. Aber kommt, wenn es Euch gefällig ist, daß wir unsere Kameraden dort belauschen und erfahren, ob wir wirklich storchisch können.›

Indem war der andere Storch auf der Erde angekommen: er putzte sich mit dem Schnabel seine Füße, legte seine Federn zurecht und ging auf den ersten Storchen zu. Die beiden neuen Störche aber beeilten sich, in ihre Nähe zu kommen, und vernahmen zu ihrem Erstaunen folgendes Gespräch:

‹Guten Morgen, Frau Langbein, so früh schon auf der Wiese?›

‹Schönen Dank, liebe Klapperschnabel! Ich habe mir nur ein kleines Frühstück geholt. Ist Euch vielleicht ein Viertelchen Eidechs gefällig oder ein Froschschenkelein?›

‹Danke gehorsamst; habe heute gar keinen Appetit. Ich komme auch wegen etwas ganz anderem auf die Wiese. Ich soll heute vor den Gästen meines Vaters tanzen, und da will ich mich im stillen ein wenig üben.›

Zugleich schritt die junge Störchin in wunderlichen Bewegungen durch das Feld. Der Kalif und Mansor sahen ihr verwundert nach; als sie aber in malerischer Stellung auf einem Fuß stand und mit den Flügeln anmutig dazu wedelte, da konnten sich die beiden nicht mehr halten, ein unaufhaltsames Gelächter brach aus ihren Schnäbeln hervor, von dem sie sich erst nach langer Zeit erholten. Der Kalif faßte sich zuerst wieder: ‹Das war einmal ein Spaß›, rief er, ‹der nicht mit Gold zu bezahlen ist; schade! daß die dummen Tiere durch unser Gelächter sich haben verscheuchen lassen, sonst hätten sie gewiß auch noch gesungen!›

Aber jetzt fiel es dem Großwesir ein, daß das Lachen während der Verwandlung verboten war. Er teilte seine Angst deswegen dem Kalifen mit. ‹Potz Mekka und Medina! Das wäre ein schlechter Spaß, wenn ich ein Storch bleiben müßte! Besinne dich doch auf das dumme Wort, ich bring es nicht heraus.›

‹Dreimal gen Osten müssen wir uns bücken, und dazu sprechen: «Mu - Mu - Mu -»›

Sie stellten sich gegen Osten und bückten sich in einem fort, daß ihre Schnäbel beinahe die Erde berührten; aber, o Jammer! das Zauberwort war ihnen entfallen, und sooft sich auch der Kalif bückte, so sehnlich auch sein Wesir ‹Mu - Mu› dazu rief, jede Erinnerung daran war verschwunden, und der arme Chasid und sein Wesir waren und blieben Störche.

III

Traurig wandelten die Verzauberten durch die Felder, sie wußten gar nicht, was sie in ihrem Elend anfangen sollten. Aus ihrer Storchenhaut konnten sie nicht heraus, in die Stadt zurück konnten sie auch nicht, um sich zu erkennen zu geben, denn wer hätte einem Storchen geglaubt, daß er der Kalif sei, und wenn man es auch geglaubt hätte, würden die Einwohner von Bagdad einen Storchen zum Kalifen gewollt haben?

So schlichen sie mehrere Tage umher und ernährten sich kümmerlich von Feldfrüchten, die sie aber wegen ihrer langen Schnäbel nicht gut verspeisen konnten. Zu Eidechsen und Fröschen hatten sie übrigens keinen Appetit, denn sie befürchteten, mit solchen Leckerbissen sich den Magen zu verderben. Ihr einziges Vergnügen in dieser traurigen Lage war, daß sie fliegen konnten, und so flogen sie oft auf die Dächer von Bagdad, um zu sehen, was darin vorging.

In den ersten Tagen bemerkten sie große Unruhe und Trauer in den Straßen; aber ungefähr am vierten Tag nach ihrer Verzauberung saßen sie auf dem Palast des Kalifen, da sahen sie unten in der Straße einen prächtigen Aufzug; Trommeln und Pfeifen ertönten, ein Mann in einem goldgestickten Scharlachmantel saß auf einem geschmückten Pferd, umgeben von glänzenden Dienern; halb Bagdad sprang ihm nach, und alle schrien: ‹Heil Mizra! dem Herrscher von Bagdad!› Da sahen die beiden Störche auf dem Dache des Palastes einander an, und der Kalif Chasid sprach: ‹Ahnst du jetzt, warum ich verzaubert bin, Großwesir? Dieser Mizra ist der Sohn meines Todfeindes, des mächtigen Zauberers Kaschnur, der mir in einer bösen Stunde Rache schwor. Aber noch gebe ich die Hoffnung nicht auf. Komm mit mir, du treuer Gefährte meines Elends, wir wollen zum Grab des Propheten wandern, vielleicht daß an heiliger Stätte der Zauber gelöst wird.›

Sie erhoben sich vom Dach des Palastes und flogen der Gegend von Medina zu.

Mit dem Fliegen wollte es aber nicht gar gut gehen, denn die beiden Störche hatten noch wenig Übung. ‹O Herr›, ächzte nach ein paar Stunden der Großwesir, ‹ich halte es, mit Eurer Erlaubnis, nicht mehr lange aus, Ihr fliegt gar zu schnell! Auch ist es schon Abend, und wir täten wohl, ein Unterkommen für die Nacht zu suchen.›

Chasid gab der Bitte seines Dieners Gehör; und da er unten im Tale eine Ruine erblickte, die ein Obdach zu gewähren schien, so flogen sie dahin. Der Ort, wo sie sich für diese Nacht niedergelassen hatten, schien ehemals ein Schloß gewesen zu sein.

Schöne Säulen ragten unter den Trümmern hervor, mehrere Gemächer, die noch ziemlich erhalten waren, zeugten von der ehemaligen Pracht des Hauses. Chasid und sein Begleiter gingen durch die Gänge umher, um sich ein trockenes Plätzchen zu suchen;

plötzlich blieb der Storch Mansor stehen. ‹Herr und Gebieter›, flüsterte er leise, ‹wenn es nur nicht töricht für einen Großwesir, mehr aber für einen Storchen wäre, sich vor Gespenstern zu fürchten! Mir ist ganz unheimlich zumut, denn hier neben hat es ganz vernehmlich geseufzt und gestöhnt.› Der Kalif blieb nun auch stehen und hörte ganz deutlich ein leises Weinen, das eher einem Menschen als einem Tiere anzugehören schien. Voll Erwartung wollte er der Gegend zugehen, woher die Klagetöne kamen, der Wesir aber packte ihn mit dem Schnabel am Flügel und bat ihn flehentlich, sich nicht in neue unbekannte Gefahren zu stürzen. Doch vergebens! Der Kalif, dem auch unter dem Storchenflügel ein tapferes Herz schlug, riß sich mit Verlust einiger Federn los und eilte in einen finstern Gang. Bald war er an einer Türe angelangt, die nur angelehnt schien, und woraus er deutliche Seufzer, mit ein wenig Geheul, vernahm. Er stieß mit dem Schnabel die Türe auf, blieb aber überrascht auf der Schwelle stehen. In dem verfallenen Gemach, das nur durch ein kleines Gitterfenster spärlich erleuchtet war, sah er eine große Nachteule am Boden sitzen. Dicke Tränen rollten ihr aus den großen runden Augen, und mit heiserer Stimme stieß sie ihre Klagen zu dem krummen Schnabel heraus. Als sie aber den Kalifen und seinen Wesir, der indes auch herbeigeschlichen war, erblickte, erhob sie ein lautes Freudengeschrei. Zierlich wischte sie mit dem braungefleckten Flügel die Tränen aus dem Auge, und zu dem großen Erstaunen der beiden rief sie in gutem menschlichem Arabisch: ‹Willkommen ihr Störche, ihr seid mir ein gutes Zeichen meiner Errettung, denn durch Störche werde mir ein großes Glück kommen, ist mir einst prophezeit worden!›

Als sich der Kalif von seinem Erstaunen erholt hatte, bückte er sich mit seinem langen Hals, brachte seine dünnen Füße in eine zierliche Stellung und sprach: ‹Nachteule! deinen Worten nach darf ich glauben, eine Leidensgefährtin in dir zu sehen. Aber ach! deine Hoffnung, daß durch uns deine Rettung kommen werde, ist vergeblich. Du wirst unsere Hilflosigkeit selbst erkennen, wenn du unsere Geschichte hörst.› Die Nachteule bat ihn zu erzählen, der Kalif aber hub an und erzählte, was wir bereits wissen.

IV

Als der Kalif der Eule seine Geschichte vorgetragen hatte, dankte sie ihm und sagte: ‹Vernimm auch meine Geschichte und höre, wie ich nicht weniger unglücklich bin als du. Mein Vater ist der König von Indien, ich, seine einzige, unglückliche Tochter, heiße Lusa. Jener Zauberer Kaschnur, der euch verzauberte, hat auch mich ins Unglück gestürzt. Er kam eines Tags zu meinem Vater und begehrte mich zur Frau für seinen Sohn Mizra. Mein Vater aber, der ein hitziger Mann ist, ließ ihn die Treppe hinunterwerfen. Der Elende wußte sich unter einer andern Gestalt wieder in meine Nähe zu schleichen, und als ich einst in meinem Garten Erfrischungen zu mir nehmen wollte, brachte er mir, als Sklave verkleidet, einen Trank bei, der mich in diese abscheuliche Gestalt verwandelte. Vor Schrecken ohnmächtig, brachte er mich hierher und rief mir mit schrecklicher Stimme in die Ohren:

«Da sollst du bleiben, häßlich, selbst von den Tieren verachtet, bis an dein Ende, oder bis einer aus freiem Willen dich, selbst in dieser schrecklichen Gestalt, zur Gattin begehrt. So räche ich mich an dir und deinem stolzen Vater.»

Seitdem sind viele Monate verflossen. Einsam und traurig lebe ich als Einsiedlerin in diesem Gemäuer, verabscheut von der Welt, selbst den Tieren ein Greuel; die schöne Natur ist vor mir verschlossen, denn ich bin blind am Tage, und nur, wenn der Mond sein bleiches Licht über dies Gemäuer ausgießt, fällt der verhüllende Schleier von meinem Auge.›

Die Eule hatte geendet und wischte sich mit dem Flügel wieder die Augen aus, denn die Erzählung ihrer Leiden hatte ihr Tränen entlockt.

Der Kalif war bei der Erzählung der Prinzessin in tiefes Nachdenken versunken. ‹Wenn mich nicht alles täuscht›, sprach er, ‹so findet zwischen unserem Unglück ein geheimer Zusammenhang statt; aber wo finde ich den Schlüssel zu diesem Rätsel?› Die Eule antwortete ihm: ‹O Herr! auch mir ahnet dies; denn es ist mir einst in meiner frühesten Jugend von einer weisen Frau prophezeit worden, daß ein Storch mir ein großes Glück bringen werde, und ich wüßte vielleicht, wie wir uns retten könnten.› Der Kalif war sehr erstaunt und fragte, auf welchem Wege sie meine. ‹Der Zauberer, der uns beide unglücklich gemacht hat›, sagte sie, ‹kommt alle Monate einmal in diese Ruinen. Nicht weit von diesem Gemach ist ein Saal. Dort pflegt er dann mit vielen Genossen zu schmausen. Schon oft habe ich sie dort belauscht. Sie erzählen dann einander ihre schändlichen Werke, vielleicht daß er dann das Zauberwort, das ihr vergessen habt, ausspricht.›

‹Oh, teuerste Prinzessin›, rief der Kalif, ‹sag an, wann kommt er, und wo ist der Saal?›

Die Eule schwieg einen Augenblick und sprach dann: ‹Nehmet es nicht ungütig, aber nur unter einer Bedingung kann ich Euern Wunsch erfüllen.› ‹Sprich aus! sprich aus!› schrie Chasid ‹befiehl, es ist mir jede recht.›

‹Nämlich ich möchte auch gerne zugleich frei sein, dies kann aber nur geschehen, wenn einer von euch mir seine Hand reicht.›

Die Störche schienen über den Antrag etwas betroffen zu sein, und der Kalif winkte seinem Diener, ein wenig mit ihm hinauszugehen.

‹Großwesir›, sprach vor der Türe der Kalif, ‹das ist ein dummer Handel, aber Ihr könntet sie schon nehmen.›

‹So?› antwortete dieser, ‹daß mir meine Frau, wenn ich nach Haus komme, die Augen auskratzt. Auch bin ich ein alter Mann, und Ihr seid noch jung und unverheiratet und könntet eher einer jungen schönen Prinzeß die Hand geben.›

‹Das ist es eben›, seufzte der Kalif, indem er traurig die Flügel hängen ließ, ‹wer sagt dir denn, daß sie jung und schön ist? Das heißt eine Katze im Sack kaufen!›

Sie redeten einander gegenseitig noch lange zu, endlich aber, als der Kalif sah, daß sein Wesir lieber Storch bleiben als die Eule heiraten wollte, entschloß er sich, die Bedingung lieber selbst zu erfüllen. Die Eule war hoch erfreut. Sie gestand ihnen, daß sie zu keiner bessern Zeit hätten kommen können, weil wahrscheinlich in dieser Nacht die Zauberer sich versammeln werden.

Sie verließ mit den Störchen das Gemach, um sie in jenen Saal zu führen; sie gingen lange in einem finstern Gang hin, endlich strahlte ihnen aus einer halbverfallenen Mauer ein heller Schein entgegen. Als sie dort angelangt waren, riet ihnen die Eule, sich ganz ruhig zu verhalten. Sie konnten von der Lücke, an welcher sie standen, einen großen Saal übersehen. Er war ringsum mit Säulen geschmückt und prachtvoll verziert. Viele farbige Lampen ersetzten das Licht des Tages. In der Mitte des Saales stand ein runder Tisch, mit vielen und ausgesuchten Speisen besetzt. Rings um den Tisch zog sich ein Sofa, auf welchem acht Männer saßen. In einem dieser Männer erkannten die Störche jenen Krämer wieder, der ihnen das Zauberpulver verkauft hatte. Sein Nebensitzer forderte ihn auf, ihnen seine neuesten Taten zu erzählen. Er erzählte unter andern auch die Geschichte des Kalifen und seines Wesirs.

‹Was für ein Wort hast du ihnen denn aufgegeben?› fragte ihn ein anderer Zauberer. ‹Ein recht schweres lateinisches, es heißt Mutabor.›

V

Als die Störche an ihrer Mauerlücke dieses hörten, kamen sie vor Freude beinahe außer sich. Sie liefen auf ihren langen Füßen so schnell dem Tor der Ruine zu, daß die Eule kaum folgen konnte. Dort sprach der Kalif gerührt zu der Eule: ‹Retterin meines Lebens und des Lebens meines Freundes, nimm zum ewigen Dank für das, was du an uns getan, mich zum Gemahl an.› Dann aber wandte er sich nach Osten. Dreimal bückten die Störche ihre langen Hälse der Sonne entgegen, die soeben hinter dem Gebirge heraufstieg. ‹Mutabor›, riefen sie, im Nu waren sie verwandelt, und in der hohen Freude des neugeschenkten Lebens lagen Herr und Diener lachend und weinend einander in den Armen. Wer beschreibt aber ihr Erstaunen, als sie sich umsahen. Eine schöne Dame, herrlich geschmückt, stand vor ihnen. Lächelnd gab sie dem Kalifen die Hand: ‹Erkennt Ihr Eure Nachteule nicht mehr?› sagte sie. Sie war es; der Kalif war von ihrer Schönheit und Anmut so entzückt, daß er ausrief, es sei sein größtes Glück, daß er Storch geworden sei.

Die drei zogen nun miteinander auf Bagdad zu. Der Kalif fand in seinen Kleidern nicht nur die Dose mit Zauberpulver, sondern auch seinen Geldbeutel. Er kaufte daher im nächsten Dorfe, was zu ihrer Reise nötig war, und so kamen sie bald an die Tore von Bagdad. Dort aber erregte die Ankunft des Kalifen großes Erstaunen. Man hatte ihn für tot ausgegeben, und das Volk war daher hoch erfreut, seinen geliebten Herrscher wiederzuhaben.

Um so mehr aber entbrannte ihr Haß gegen den Betrüger Mizra. Sie zogen in den Palast und nahmen den alten Zauberer und seinen Sohn gefangen. Den Alten schickte der Kalif in dasselbe Gemach der Ruine, das die Prinzessin als Eule bewohnt hatte, und ließ ihn dort aufhängen. Dem Sohn aber, welcher nichts von den Künsten des Vaters verstand, ließ der Kalif die Wahl, ob er sterben oder schnupfen wolle. Als er das letztere wählte, bot ihm der Großwesir die Dose. Eine tüchtige Prise, und das Zauberwort des Kalifen verwandelte ihn in einen Storchen. Der Kalif ließ ihn in einen eisernen Käfig sperren und in seinem Garten aufstellen.

Lange und vergnügt lebte Kalif Chasid mit seiner Frau, der Prinzessin; seine vergnügtesten Stunden waren immer die, wenn ihn der Großwesir nachmittags besuchte; da sprachen sie dann oft von ihrem Storchenabenteuer, und wenn der Kalif recht heiter war, ließ er sich herab, den Großwesir nachzuahmen, wie er als Storch aussah. Er stieg dann ernsthaft, mit steifen Füßen im Zimmer auf und ab, klapperte, wedelte mit den Armen wie mit Flügeln und zeigte, wie jener sich vergeblich nach Osten geneigt und ‹Mu - Mu -› dazu gerufen habe. Für die Frau Kalifin und ihre Kinder war diese Vorstellung allemal eine große Freude; wenn aber der Kalif gar zu lange klapperte und nickte und ‹Mu - Mu -› schrie, dann drohte ihm lächelnd der Wesir: er wolle das, was vor der Türe der Prinzessin Nachteule verhandelt worden sei, der Frau Kalifin mitteilen.

Gebrüder Grimm
Rapunzel

Es war einmal ein Mann und eine Frau, die wünschten sich schon lange vergeblich ein Kind; endlich machte sich die Frau Hoffnung, der liebe Gott werde ihren Wunsch erfüllen. Die Leute hatten in ihrem Hinterhaus ein kleines Fenster, daraus konnte man in einen prächtigen Garten sehen, der voll der schönsten Blumen und Kräuter stand; er war aber von einer hohen Mauer umgeben, und niemand wagte hineinzugehen, weil er einer Zauberin gehörte, die große Macht hatte und von aller Welt gefürchtet ward. Eines Tags stand die Frau an diesem Fenster und sah in den Garten hinab; da erblickte sie ein Beet, das mit den schönsten Rapunzeln bepflanzt war: und sie sahen so frisch und grün aus, daß sie Lust hatte und das größte Verlangen empfand, von den Rapunzeln zu essen. Das Verlangen nahm jeden Tag zu, und da sie wußte, daß sie keine davon bekommen konnte, so fiel sie ganz ab, sah blaß und elend aus. Da erschrak der Mann und fragte: ‹Was fehlt dir, liebe Frau?› ‹Ach›, antwortete sie, ‹wenn ich keine Rapunzeln aus dem Garten hinter unserm Hause zu essen kriege, so sterbe ich.› Der Mann, der sie liebhatte, dachte: ‹Eh' du deine Frau sterben lässest, holst du ihr von den Rapunzeln, es mag kosten, was es will.› In der Abenddämmerung stieg er also über die Mauer in den Garten der Zauberin, stach in aller Eile eine Handvoll Rapunzeln und brachte sie seiner Frau. Sie machte sich sogleich Salat daraus und aß sie in voller Begierde auf. Sie hatten ihr aber so gut, so gut geschmeckt, daß sie den andern Tag noch dreimal so viel Lust bekam. Sollte sie Ruhe haben, so mußte der Mann noch einmal in den Garten steigen. Er machte sich also in der Abenddämmerung wieder hinab, als er aber die Mauer herabgeklettert war, erschrak er gewaltig; denn er sah die Zauberin vor sich stehen. ‹Wie kannst du es wagen›, sprach sie mit zornigem Blick, ‹in meinen Garten zu steigen und wie ein Dieb mir meine Rapunzeln zu stehlen? Das soll dir schlecht bekommen!› - ‹Ach›, antwortete er, ‹laßt Gnade für Recht ergehen, ich habe mich nur aus Not dazu entschlossen: meine Frau hat Eure Rapunzeln aus dem Fenster erblickt und empfindet ein so großes Gelüsten, daß sie sterben würde, wenn sie nicht davon zu essen bekäme.› Da ließ die Zauberin in ihrem Zorne nach und sprach zu ihm: ‹Verhält es sich so, wie du sagst, so will ich dir gestatten, Rapunzeln mitzunehmen, soviel du willst; allein ich mache eine Bedingung: du mußt mir das Kind geben, das deine Frau zur Welt bringen wird. Es soll ihm gutgehen, und ich will für es sorgen wie eine Mutter.› Der Mann sagte in der Angst alles zu, und als die Frau in die Wochen kam, so erschien sogleich die Zauberin, gab dem Kinde den Namen Rapunzel und nahm es mit sich fort.

Rapunzel ward das schönste Kind unter der Sonne. Als es zwölf Jahre alt war, schloß es die Zauberin in einen Turm, der in einem Walde lag und weder Treppe noch Türe hatte; nur ganz oben war ein kleines Fensterchen. Wenn die Zauberin hinein wollte, so stellte sie sich unten hin und rief:

‹Rapunzel, Rapunzel,
laß mir dein Haar herunter.›

Rapunzel hatte lange prächtige Haare, fein wie gesponnen Gold. Wenn sie nun die Stimme der Zauberin vernahm, so band sie ihre Zöpfe los, wickelte sie oben um einen Fensterhaken, und dann fielen die Haare zwanzig Ellen tief herunter, und die Zauberin stieg daran hinauf.

Nach ein paar Jahren trug es sich zu, daß der Sohn des Königs durch den Wald ritt und an dem Turm vorüberkam. Da hörte er einen Gesang, der war so lieblich, daß er stillhielt und horchte. Das war Rapunzel, die in ihrer Einsamkeit sich die Zeit damit vertrieb, ihre süße Stimme erschallen zu lassen. Der Königssohn wollte zu ihr hinaufsteigen und suchte nach einer Türe des Turms, aber es war keine zu finden. Er ritt heim, doch der Gesang hatte ihm so sehr das Herz gerührt, daß er jeden Tag hinaus in den Wald ging und zuhörte. Als er einmal so hinter einem Baum stand, sah er, daß eine Zauberin herankam, und hörte, wie sie hinaufrief:

‹Rapunzel, Rapunzel,
laß dein Haar herunter.›

Da ließ Rapunzel die Haarflechten herab, und die Zauberin stieg zu ihr hinauf. ‹Ist das die Leiter, auf welcher man hinaufkommt, so will ich auch einmal mein Glück versuchen.› Und den folgenden Tag, als es anfing dunkel zu werden, ging er zu dem Turme und rief:

‹Rapunzel, Rapunzel,
laß dein Haar herunter.›

Alsbald fielen die Haare herab, und der Königssohn stieg hinauf. Anfangs erschrak Rapunzel gewaltig, als ein Mann zu ihr hereinkam, wie ihre Augen noch nie einen erblickt hatten, doch der Königssohn fing an, ganz freundlich mit ihr zu reden, und erzählte ihr, daß von ihrem Gesang sein Herz so sehr sei bewegt worden, daß es ihm keine Ruhe gelassen und er sie selbst habe sehen müssen. Da verlor Rapunzel ihre Angst, und als er sie fragte, ob sie ihn zum Manne nehmen wollte, und sie sah, daß er jung und schön war, so dachte sie: ‹Der wird mich lieber haben als die alte Frau Gothel›, und sagte ja und legte ihre Hand in seine Hand. Sie sprach: ‹Ich will gerne mit dir gehen, aber ich weiß nicht, wie ich herabkommen kann. Wenn du kommst, so bring jedesmal einen Strang Seide mit; daraus will ich eine Leiter flechten, und wenn die fertig ist, so steige ich herunter, und du nimmst mich auf dein Pferd.› Sie verabredeten, daß er bis dahin jeden Abend zu ihr kommen sollte; denn bei Tag kam die Alte. Die Zauberin merkte auch nichts davon, bis einmal Rapunzel anfing und zu ihr sagte: ‹Sag' Sie mir doch, Frau Gothel, wie kommt es nur, sie wird mir viel schwerer heraufzuziehen als der junge Königssohn, der ist in einem Augenblick bei mir.› ‹Ach, du gottloses Kind›, rief die Zauberin, ‹was muß ich von dir hören, ich dachte, ich hätte dich von aller Welt geschieden, und du hast mich doch betrogen!› In ihrem Zorne packte sie die schönen Haare der Rapunzel, schlug sie ein paarmal um ihre linke Hand, griff eine Schere mit der rechten, und ritsch, ratsch, waren sie abgeschnitten, und die schönen Flechten lagen auf der Erde. Und sie war so unbarmherzig, daß sie die arme Rapunzel in eine Wüstenei brachte, wo sie in großem Jammer und Elend leben mußte.

Denselben Tag aber, wo sie Rapunzel verstoßen hatte, machte abends die Zauberin die abgeschnittenen Flechten oben am Fensterhaken fest, und als der Königssohn kam und rief:

‹Rapunzel, Rapunzel,
laß dein Haar herunter›,

so ließ sie die Haare hinab. Der Königssohn stieg hinauf, aber er fand oben nicht seine liebste Rapunzel, sondern die Zauberin, die ihn mit bösen und giftigen Blicken ansah. ‹Aha›, rief sie höhnisch, ‹du willst die Frau Liebste holen, aber der schöne Vogel sitzt nicht mehr im Nest und singt nicht mehr, die Katze hat ihn geholt und wird dir auch noch die Augen auskratzen. Für dich ist Rapunzel verloren, du wirst sie nie wieder erblicken.› Der Königssohn geriet außer sich vor Schmerz, und in der Verzweiflung sprang er den Turm herab: das Leben brachte er davon, aber die Dornen, in die er fiel, zerstachen ihm die Augen. Da irrte er blind im Walde umher, aß nichts als Wurzeln und Beeren und tat nichts als jammern und weinen über den Verlust seiner liebsten Frau. So wanderte er einige Jahre im Elend umher und geriet endlich in die Wüstenei, wo Rapunzel mit den Zwillingen, die sie geboren hatte, einem Knaben und Mädchen, kümmerlich lebte. Er vernahm eine Stimme, und sie deuchte ihm so bekannt: da ging er darauf zu, und wie er herankam, erkannte ihn Rapunzel und fiel ihm um den Hals und weinte. Zwei von ihren Tränen aber benetzten seine Augen; da wurden sie wieder klar, und er konnte damit sehen wie sonst. Er führte sie in sein Reich, wo er mit Freude empfangen ward, und sie lebten noch lange glücklich und vergnügt.

Ludwig Bechstein

Die verzauberte Prinzessin

Es war einmal ein armer Handwerksmann, der hatte zwei Söhne, einen guten, der hieß Hans, und einen bösen, der hieß Helmerich. Wie das aber wohl geht in der Welt, der Vater hatte den bösen mehr lieb als den guten. Nun begab es sich, daß das Jahr einmal ein mehr als gewöhnlich teures war und dem Meister der Beutel leer ward. ‹Ei!› dachte er, ‹man muß zu leben wissen. Sind die Kunden doch so oft zu dir gekommen, nun ist es an dir, höflich zu sein und dich zu ihnen zu bemühen.› Gesagt, getan.

Früh morgens zog er aus und klopfte an mancher stattlichen Tür; aber wie es sich denn so trifft, daß die stattlichsten Herren nicht die besten Zahler sind, die Rechnung zu bezahlen hatte niemand Lust. So kam der Handwerksmann müde und matt des Abends in seine Heimat, und trübselig setzte er sich vor die Türe der Schenke ganz allein, denn er hatte weder das Herz, mit den Gästen zu plaudern, noch freute er sich sehr auf das lange Gesicht seines Weibes. Aber wie er da saß in Gedanken versunken, konnte er doch nicht lassen hinzuhören auf das Gespräch, das drinnen geführt ward. Ein Fremder, der eben aus der Hauptstadt angelangt war, erzählte, daß die schöne Königstochter von einem bösen Zauberer gefangengesetzt sei und ihr Leben lang im Kerker bleiben müsse, wenn nicht jemand sich fände, der die drei Proben bestünde, welche der Zauberer gesetzt hatte. Fände sich aber einer, so wäre die Prinzeß sein und ihr ganzes herrliches Schloß mit all seinen Schätzen. Das hörte der Meister an zuerst mit halbem Ohr, dann mit dem ganzen und zuletzt mit allen beiden, denn er dachte: ‹Mein Sohn Helmerich ist ein aufgeweckter Kopf, der wohl den Ziegenbock rasieren könnte, vorausgesetzt, es wollte einer; was gilt's, er besteht die Proben und wird der Gemahl der schönen Prinzeß und Herr über Land und Leute.› Denn so hatte es der König, ihr Vater, verkündigen lassen.

Schleunig kehrte er nach Haus und vergaß seine Schulden und Kunden über der neuen Mär, die er eilig seiner Frau hinterbrachte. Des andern Morgens schon sprach er zum Helmerich, daß er ihn mit Roß und Rüstung ausrüsten wolle zu der Fahrt, und wie schnell machte der sich auf die Reise! Als er Abschied nahm, versprach er seinen Eltern, er wolle sie samt dem dummen Bruder Hans gleich holen lassen in einem sechsspännigen Wagen; denn er meinte schon, er wäre König. Übermütig, wie er dahinzog, ließ er seinen Mutwillen aus an allem, was ihm in den Weg kam. Die Vögel, die auf den Zweigen saßen und den Herrgott lobten mit Gesang, wie sie es verstanden, scheuchte er mit der Peitsche von den Ästen, und kein Getier kam ihm in den Weg, an dem er nicht seinen Schabernack ausgelassen hätte.

Und zum ersten begegnete er einem Ameisenhaufen; den ließ er sein Roß zertreten, und die Ameisen, die erzürnt an sein Roß und an ihn selbst krochen und Pferd und Mann bissen, erschlug und erdrückte er alle. Weiter kam er an einen klaren Teich, in dem schwammen zwölf Enten. Helmerich lockte sie ans Ufer und tötete deren elf, nur die zwölfte entkam. Endlich traf er auch einen schönen Bienenstock; da machte er es den Bienen, wie er es den Ameisen gemacht. Und so war seine Freude, die unschuldige Kreatur nicht sich zum Nutzen, sondern aus bloßer Tücke zu plagen und zu zerstören.

Als Helmerich nun bei sinkender Sonne das prächtige Schloß erreicht hatte, darin die Prinzessin verzaubert war, klopfte er gewaltig an die geschlossene Pforte. Alles war still; immer heftiger pochte der Reiter. Endlich tat sich ein Schiebefenster auf, und hervor sah ein altes Mütterlein mit spinnewebfarbigem Gesichte, die fragte verdrießlich, was er begehre. ‹Die Prinzeß will ich erlösen›, rief Helmerich, ‹geschwind macht mir auf.› – ‹Eile mit Weile, mein Sohn›, sprach die Alte. ‹Morgen ist auch ein Tag, um neun Uhr werde ich dich hier erwarten.› Damit schloß sie den Schalter.

Am andern Morgen um neun Uhr, als Helmerich wieder erschien, stand das Mütterchen schon auf ihn wartend mit einem Fäßchen voll Leinsamen, den sie ausstreute auf eine schöne Wiese. ‹Lies die Körner zusammen›, sprach sie zu dem Reiter; ‹in einer Stunde komme ich wieder; da muß die Arbeit getan sein.› Helmerich aber dachte, das sei ein alberner Spaß und lohne es nicht, sich darum zu bücken; er ging derweil spazieren, und als die Alte wiederkam, war das Fäßchen so leer wie vorher. ‹Das ist nicht gut›, sagte sie. Darauf nahm sie zwölf goldene Schlüsselchen aus der Tasche und warf sie einzeln in den tiefen dunklen Schloßteich. ‹Hole die Schlüssel herauf›, sprach sie, ‹in einer Stunde komme ich wieder; da muß die Arbeit getan sein.› Helmerich lachte und tat wie vorher. Als die Alte wiederkam und auch diese Aufgabe nicht gelöst war, da rief sie zweimal: ‹Nicht gut! nicht gut!› Doch nahm sie ihn bei der Hand und führte ihn die Treppe hinauf in den großen Saal des Schlosses; da saßen drei Frauen, alle drei in dichte Schleier gehüllt.

‹Wähle, mein Sohn›, sprach die Alte, ‹aber sieh dich vor, daß du recht wählst. In einer Stunde komme ich wieder.› Helmerich war nicht klüger, da sie wiederkam, als da sie wegging; übermütig aber rief er aufs Geratewohle: ‹Die zur Rechten wähl ich.› Da warfen alle drei die Schleier zurück; in der Mitte saß die holdselige Prinzeß, rechts und links zwei scheußliche Drachen, und der zur Rechten packte den Helmerich in seine Krallen und warf ihn durch das Fenster in den tiefen Abgrund.

Ein Jahr war verflossen, seit Helmerich ausgezogen, die Prinzeß zu erlösen, und noch immer war bei den Eltern kein sechsspänniger Wagen angelangt. ‹Ach!› sprach der Vater, ‹wäre nur der ungeschickte Hans ausgezogen statt unsres besten Buben, da wäre das Unglück doch geringer.›

‹Vater›, sagte Hans, ‹laß mich hinziehn, ich will's auch probieren.› Aber der Vater wollte nicht, denn was dem Klugen mißlingt, wie führte das der Ungeschickte zu Ende? Da der Vater ihm Roß und Rüstung versagte, machte Hans sich heimlich auf und wanderte wohl drei Tage denselben Weg zu Fuß, den der Bruder an einem geritten war. Aber er fürchtete sich nicht und schlief des Nachts auf dem weichen Moos unter den grünen Zweigen so sanft wie unter dem Dach seiner Eltern; die Vögel des Waldes scheuten sich nicht vor ihm, sondern sangen ihn in Schlaf mit ihren besten Weisen. Als er nun an die Ameisen kam, die beschäftigt waren, ihren neuen Bau zu vollenden, störte er sie nicht, sondern wollte ihnen helfen, und die Tierchen, die an ihm hinaufkrochen, las er ab, ohne sie zu töten, wenn sie ihn auch bissen. Die Enten lockte er auch ans Ufer: aber um sie mit Brosamen zu füttern; den Bienen warf er die frischen Blumen hin, die er am Wege gepflückt hatte. So kam er fröhlich an das Königsschloß und pochte bescheiden am Schalter. Gleich tat die Türe sich auf, und die Alte fragte nach seinem Begehr. ‹Wenn ich nicht zu gering bin, möchte ich es auch versuchen, die schöne Prinzeß zu erlösen›, sagte er. ‹Versuche es, mein Sohn›, sagte die Alte, ‹aber wenn du die drei Proben nicht bestehst, kostet es dein Leben.›

‹Wohlan, Mütterlein›, sprach Hans, ‹sage, was ich tun soll.› Jetzt gab die Alte ihm die Probe mit dem Leinsamen. Hans war nicht faul, sich zu bücken, doch schon schlug es drei Viertel, und das Fäßchen war noch nicht halb voll. Da wollte er schier verzagen; aber auf einmal kamen schwarze Ameisen mehr als genug, und in wenigen Minuten lag kein Körnlein mehr auf der Wiese. Als die Alte kam, sagte sie: ‹Das ist gut!› und warf die zwölf Schlüssel in den Teich, die sollte er in einer Stunde herausholen. Aber Hans brachte keinen Schlüssel aus der Tiefe; so tief er auch tauchte, er kam nicht an den Grund.

Verzweifelnd setzte er sich ans Ufer; da kamen die zwölf Entchen herangeschwommen, jede mit einem goldenen Schlüsselchen im

Schnabel, die warfen sie ins feuchte Gras. So war auch diese Probe gelöst, als die Alte wiederkam, um ihn nun in den Saal zu führen, wo die dritte und schwerste Probe seiner harrte. Verzagend sah Hans auf die drei gleichen Schleiergestalten; wer sollte ihm hier helfen?

Da kam ein Bienenschwarm durchs offene Fenster geflogen, die kreisten durch den Saal und summten um den Mund der drei Verhüllten. Aber von rechts und links flogen sie schnell wieder zurück, denn die Drachen rochen nach Pech und Schwefel, wovon sie ja leben; die Gestalt in der Mitte umkreisten sie alle und surrten und schwirrten leise: ‹Die Mittlere, die Mittlere.› Denn da duftete ihnen der Geruch ihres eigenen Honigs entgegen, den die Königstochter so gern aß. Also, als die Alte wiederkam nach einer Stunde, sprach Hans ganz getrost: ‹Ich wähle die Mittlere.› Und da fuhren die bösen Drachen zum Fenster hinaus, die schöne Königstochter aber warf ihren Schleier ab und freute sich der Erlösung und ihres schönen Bräutigams. Und Hans sandte dem Vater der Prinzeß den schnellsten Boten und zu seinen Eltern einen goldenen Wagen mit sechs Pferden bespannt, und sie alle lebten herrlich und in Freuden, und wenn sie nicht gestorben sind, leben sie heute noch.

Gebrüder Grimm

Das Waldhaus

Ein armer Holzhauer lebte mit seiner Frau und drei Töchtern in einer kleinen Hütte am Rande eines einsamen Waldes. Eines Morgens, als er wieder an seine Arbeit wollte, sagte er zu seiner Frau: ‹Laß mir mein Mittagsbrot von dem ältesten Mädchen hinaus in den Wald bringen, ich werde sonst nicht fertig. Und damit es sich nicht verirrt›, setzte er hinzu, ‹so will ich einen Beutel mit Hirse mitnehmen und die Körner auf den Weg streuen.› Als nun die Sonne mitten über dem Walde stand, machte sich das Mädchen mit einem Topf voll Suppe auf den Weg. Aber die Feld- und Waldsperlinge, die Lerchen und Finken, Amseln und Zeisige hatten die Hirse schon längst aufgepickt, und das Mädchen konnte die Spur nicht finden. Da ging es auf gut Glück immer weiter, bis die Sonne sank und die Nacht einbrach. Die Bäume rauschten in der Dunkelheit, die Eulen schnarrten, und es fing an, ihm angst zu werden. Da erblickte es in der Ferne ein Licht, das zwischen den Bäumen blinkte. ‹Dort sollten wohl Leute wohnen›, dachte es, ‹die mich über Nacht behalten›, und ging auf das Licht zu. Nicht lange, so kam es an ein Haus, dessen Fenster erleuchtet waren. Es klopfte an, und eine rauhe Stimme rief von innen: ‹Herein.› Das Mädchen trat in die dunkle Diele und pochte an der Stubentür. ‹Nur herein›, rief die Stimme, und als es öffnete, saß da ein alter eisgrauer Mann an dem Tisch, hatte das Gesicht auf die beiden Hände gestützt, und sein weißer Bart floß über den Tisch herab fast bis auf die Erde. Am Ofen aber lagen drei Tiere, ein Hühnchen, ein Hähnchen und eine buntgescheckte Kuh. Das Mädchen erzählte dem Alten sein Schicksal und bat um ein Nachtlager. Der Mann sprach:

‹Schön Hühnchen,
schön Hähnchen und du,
schöne bunte Kuh,
was sagst du dazu?›

‹Duks!› antworteten die Tiere: und das mußte wohl heißen: ‹Wir sind es zufrieden›, denn der Alte sprach weiter: ‹Hier ist Hülle und Fülle, geh hinaus an den Herd und koch uns ein Abendessen.› Das Mädchen fand in der Küche Überfluß an allem und kochte eine gute Speise, aber an die Tiere dachte es nicht. Es trug die volle Schüssel auf den Tisch, setzte sich zu dem grauen Mann, aß und stillte seinen Hunger. Als es satt war, sprach es: ‹Aber jetzt bin ich müde, wo ist ein Bett, in das ich mich legen und schlafen kann?› Die Tiere antworteten:

‹Du hast mit ihm gegessen,
du hast mit ihm getrunken,
du hast an uns gar nicht gedacht,
nun sieh auch, wo du bleibst die Nacht.›

Da sprach der Alte: ‹Steig nur die Treppe hinauf, so wirst du eine Kammer mit zwei Betten finden, schüttle sie auf und decke sie mit weißem Linnen, so will ich auch kommen und mich schlafen legen.› Das Mädchen stieg hinauf, und als es die Betten geschüttelt und frisch gedeckt hatte, legte es sich in das eine, ohne weiter auf den Alten zu warten. Nach einiger Zeit aber kam der graue Mann, beleuchtete das Mädchen mit dem Licht und schüttelte mit dem Kopf. Und als er sah, daß es fest eingeschlafen war, öffnete er eine Falltüre und ließ es in den Keller sinken.

Der Holzhauer kam am späten Abend nach Haus und machte seiner Frau Vorwürfe, daß sie ihn den ganzen Tag habe hungern lassen. ‹Ich habe keine Schuld›, antwortete sie, ‹das Mädchen ist mit dem Mittagessen hinausgegangen, es muß sich verirrt haben. Morgen wird es schon wiederkommen.› Vor Tag aber stand der Holzhauer auf, wollte in den Wald und verlangte, die zweite Tochter sollte ihm diesmal das Essen bringen. ‹Ich will einen Beutel mit Linsen mitnehmen›, sagte er, ‹die Körner sind größer als Hirse, das Mädchen wird sie besser sehen und kann den Weg nicht verfehlen.› Zur Mittagszeit trug auch das Mädchen die Speise hinaus, aber die Linsen waren verschwunden: die Waldvögel hatten sie wie am vorigen Tag aufgepickt und keine übrig gelassen. Das Mädchen irrte im Walde umher, bis es Nacht ward, da kam es ebenfalls zu dem Haus des Alten, ward hereingerufen und bat um Speise und Nachtlager. Der Mann mit dem weißen Barte fragte wieder die Tiere:

‹Schön Hühnchen,
schön Hähnchen
und du, schöne bunte Kuh,
was sagst du dazu?›

Die Tiere antworteten abermals: ‹Duks›, und es geschah alles wie am vorigen Tag. Das Mädchen kochte eine gute Speise, aß und trank mit dem Alten und kümmerte sich nicht um die Tiere. Und als es sich nach seinem Nachtlager erkundigte, antworteten sie:

‹Du hast mit ihm gegessen,
du hast mit ihm getrunken,

du hast an uns gar nicht gedacht,
nun sieh auch, wo du bleibst die Nacht.›

Als es eingeschlafen war, kam der Alte, betrachtete es mit Kopfschütteln und ließ es in den Keller hinab.

Am dritten Morgen sprach der Holzhacker zu seiner Frau: ‹Schicke mir heute unser jüngstes Kind mit dem Essen hinaus, das ist immer gut und gehorsam gewesen, das wird auf dem rechten Weg bleiben und nicht wie seine Schwestern, die wilden Hummeln, herumschwärmen.› Die Mutter wollte nicht und sprach: ‹Soll ich mein liebstes Kind auch noch verlieren?› ‹Sei ohne Sorge›, antwortete er, ‹das Mädchen verirrt sich nicht, es ist zu klug und verständig; zum Überfluß will ich Erbsen mitnehmen und ausstreuen, die sind noch größer als Linsen und werden ihm den Weg zeigen.› Aber als das Mädchen mit dem Korb am Arm hinauskam, so hatten die Waldtauben die Erbsen schon im Kropf, und es wußte nicht, wohin es sich wenden sollte. Es war voll Sorgen und dachte beständig daran, wie der arme Vater hungern und die gute Mutter jammern würde, wenn es ausbliebe. Endlich, als es finster ward, erblickte es das Lichtchen und kam an das Waldhaus. Es bat ganz freundlich, sie möchten es über Nacht beherbergen, und der Mann mit dem weißen Bart fragte wieder seine Tiere:

‹Schön Hühnchen,
schön Hähnchen
und du, schöne bunte Kuh,
was sagst du dazu?›

‹Duks›, sagten sie. Da trat das Mädchen an den Ofen, wo die Tiere lagen, und liebkoste Hühnchen und Hähnchen, indem es mit der Hand über die glatten Federn hinstrich, und die bunte Kuh kraulte es zwischen den Hörnern. Und als es auf Geheiß des Alten eine gute Suppe bereitet hatte und die Schüssel auf dem

Tisch stand, so sprach es: ‹Soll ich mich sättigen, und die guten Tiere sollen nichts haben? Draußen ist die Hülle und Fülle, erst will ich für sie sorgen.› Da ging es, holte Gerste und streute sie dem Hühnchen und Hähnchen vor, brachte der Kuh wohlriechendes Heu einen ganzen Arm voll. ‹Laßt's euch schmecken, ihr lieben Tiere›, sagte es, ‹und wenn ihr durstig seid, sollt ihr auch einen frischen Trunk haben.› Dann trug es einen Eimer voll Wasser herein, und Hühnchen und Hähnchen sprangen auf den Rand, steckten den Schnabel hinein und hielten den Kopf dann in die Höhe, wie die Vögel trinken, und die bunte Kuh tat auch einen herzhaften Zug. Als die Tiere gefüttert waren, setzte sich das Mädchen zu dem Alten an den Tisch und aß, was er ihm übrig gelassen hatte. Nicht lange, so fingen Hühnchen und Hähnchen an, die Köpfchen zwischen die Flügel zu stecken, und die bunte Kuh blinzelte mit den Augen. Da sprach das Mädchen: ‹Sollen wir uns nicht zur Ruhe begeben?

Schön Hühnchen,
schön Hähnchen
und du, schöne bunte Kuh,
was sagst du dazu?›
Die Tiere antworteten:
‹Duks, du hast mit uns gegessen,
du hast mit uns getrunken,
du hast uns alle wohl bedacht,
wir wünschen dir eine gute Nacht.›

Da ging das Mädchen die Treppe hinauf, schüttelte die Federkissen und deckte frisches Linnen auf, und als es fertig war, kam der Alte und legte sich in das eine Bett, und sein weißer Bart reichte ihm bis an die Füße. Das Mädchen legte sich in das andere, tat sein Gebet und schlief ein.

Es schlief ruhig bis Mitternacht, da ward es so unruhig in dem Hause, so daß das Mädchen erwachte. Da fing es an, in den Ecken zu knittern und zu knattern, und die Türe sprang auf und schlug an die Wand: die Balken dröhnten, als wenn sie aus ihren Fugen gerissen würden, und es war, als wenn die Treppe herabstürzte, und endlich krachte es, als wenn das ganze Dach zusammenfiele. Da es aber wieder still ward und dem Mädchen nichts zuleid geschah, so blieb es ruhig liegen und schlief wieder ein. Als es aber am Morgen bei hellem Sonnenschein aufwachte, was erblickten seine Augen? Es lag in einem großen Saal, und rings umher glänzte alles in königlicher Pracht: an den Wänden wuchsen auf grünseidenem Grund goldene Blumen in die Höhe, das Bett war von Elfenbein und die Decke darauf von rotem Samt, und auf einem Stuhl daneben standen ein Paar mit Perlen gestickte Pantoffel. Das Mädchen glaubte, es wäre ein Traum, aber es traten drei reich gekleidete Diener herein und fragten, was es zu befehlen hätte. ‹Geht nur›, antwortete das Mädchen, ‹ich will gleich aufstehen und dem Alten eine Suppe kochen und dann auch schön Hühnchen, schön Hähnchen und die schöne bunte Kuh füttern.› Es dachte, der Alte wäre schon aufgestanden und sah sich nach seinem Bette um, aber er lag nicht darin, sondern ein fremder Mann. Und als es ihn betrachtete und sah, daß er jung und schön war, erwachte er, richtete sich auf und sprach: ‹Ich bin ein Königssohn und war von einer bösen Hexe dazu verwünscht worden, als ein alter eisgrauer Mann in dem Wald zu leben: niemand durfte um mich sein als meine drei Diener in der Gestalt eines Hühnchens, eines Hähnchens und einer bunten Kuh. Und nicht eher sollte die Verwünschung aufhören, als bis ein Mädchen zu uns käme, so gut von Herzen, daß es nicht gegen die Menschen allein, sondern auch gegen die Tiere sich liebreich bezeigte, und das bist du gewesen, und heute um Mitternacht sind wir durch dich erlöst, und das alte Waldhaus ist wieder in meinen königlichen Palast verwandelt worden.› Und als sie aufgestanden waren, sagte der Königssohn zu den drei Dienern, sie sollten hinfahren und Vater und Mutter des Mädchens zur Hochzeitsfeier herbeiholen. ‹Aber wo sind meine zwei Schwestern?› fragte das Mädchen. ‹Die habe ich in den Keller gesperrt, und morgen sollen sie in den Wald geführt werden und sollen bei einem Köhler so lange als Mägde dienen, bis sie sich gebessert haben und auch die armen Tiere nicht hungern lassen.›

GEBRÜDER GRIMM

Brüderchen und Schwesterchen

Brüderchen nahm sein Schwesterchen an der Hand und sprach: ‹Seit die Mutter tot ist, haben wir keine gute Stunde mehr; die Stiefmutter schlägt uns alle Tage, und wenn wir zu ihr kommen, stößt sie uns mit den Füßen fort. Die harten Brotkrusten, die übrig bleiben, sind unsere Speise, und dem Hündlein unter dem Tisch geht's besser: dem wirft sie doch manchmal einen guten Bissen zu. Daß Gott erbarm, wenn das unsere Mutter wüßte! Komm, wir wollen miteinander in die weite Welt gehen.› Sie gingen den ganzen Tag über Wiesen, Felder und Steine, und wenn es regnete, sprach das Schwesterchen: ‹Gott und unsere Herzen, die weinen zusammen!› Abends kamen sie in einen großen Wald und waren so müde von Jammer, Hunger und dem langen Weg, daß sie sich in einen hohlen Baum setzten und einschliefen.

Am andern Morgen, als sie aufwachten, stand die Sonne schon hoch am Himmel und schien heiß in den Baum hinein. Da sprach das Brüderchen: ‹Schwesterchen, mich dürstet, wenn ich ein Brünnlein wüßte, ich ging' und tränk' einmal; ich mein', ich hört' eins rauschen.› Brüderchen stand auf, nahm Schwesterchen an der Hand, und sie wollten das Brünnlein suchen. Die böse Stiefmutter aber war eine Hexe und hatte wohl gesehen, wie die beiden Kinder fortgegangen waren, war ihnen nachgeschlichen, heimlich, wie die Hexen schleichen, und hatte alle Brunnen im Walde verwünscht. Als sie nun ein Brünnlein fanden, das so glitzerig über die Steine sprang, wollte das Brüderchen daraus trinken: aber das Schwesterchen hörte, wie es im Rauschen sprach: ‹Wer aus mir trinkt, wird ein Tiger, wer aus mir trinkt, wird ein Tiger.› - Da rief das Schwesterchen: ‹Ich bitte dich, Brüderchen, trink nicht, sonst wirst du ein wildes Tier und zerreißest mich.› Das Brüderchen trank nicht, obgleich es so großen Durst hatte, und sprach: ‹Ich will warten bis zur nächsten Quelle.› Als sie zum zweiten Brünnlein kamen, hörte das Schwesterchen, wie auch dieses sprach:

‹Wer aus mir trinkt, wird ein Wolf, wer aus mir trinkt, wird ein Wolf.› - Da rief das Schwesterchen: ‹Brüderchen, ich bitte dich, trink nicht, sonst wirst du ein Wolf und frissest mich.› - Das Brüderchen trank nicht und sprach: ‹Ich will warten, bis wir zur nächsten Quelle kommen, aber dann muß ich trinken, du magst sagen, was du willst: mein Durst ist gar zu groß.› Und als sie zum dritten Brünnlein kamen, hörte das Schwesterlein, wie es im Rauschen sprach: ‹Wer aus mir trinkt, wird ein Reh, wer aus mir trinkt, wird ein Reh.› - Das Schwesterchen sprach: ‹Ach Brüderchen, ich bitte dich, trink nicht, sonst wirst du ein Reh und läufst mir fort.› Aber das Brüderchen hatte sich gleich beim Brünnlein niedergekniet, hinabgebeugt und von dem Wasser getrunken, und wie die ersten Tropfen auf seine Lippen gekommen waren, lag es da als ein Rehkälbchen.

Nun weinte das Schwesterchen über das arme verwünschte Brüderchen, und das Rehchen weinte auch und saß so traurig neben ihm. Da sprach das Mädchen endlich: ‹Sei still, liebes Rehchen, ich will dich ja nimmermehr verlassen.› Dann band es sein goldenes Strumpfband ab und tat es dem Rehchen um den Hals und rupfte Binsen und flocht ein weiches Seil daraus. Daran band es das Tierchen und führte es weiter und ging immer tiefer in den Wald hinein. Und als sie lange, lange gegangen waren, kamen sie endlich an ein kleines Haus, und das Mädchen schaute hinein, und weil es leer war, dachte es: ‹Hier können wir bleiben und wohnen.› Da suchte es dem Rehchen Laub und Moos zu einem weichen Lager, und jeden Morgen ging es aus und sammelte sich Wurzeln, Beeren und Nüsse, und für das Rehchen brachte es zartes Gras mit, das fraß es ihm aus der Hand, war vergnügt und spielte vor ihm herum. Abends, wenn Schwesterchen müde war und sein Gebet gesagt hatte, legte es seinen Kopf auf den Rücken des Rehkälbchens, das war sein Kissen, darauf es sanft einschlief. Und hätte das Brüderchen nur seine menschliche Gestalt gehabt, es wäre ein herrliches Leben gewesen.

Das dauerte eine Zeitlang, daß sie so allein in der Wildnis waren. Es trug sich aber zu, daß der König des Landes eine große Jagd in dem Wald hielt. Da schallte das Hörnerblasen, Hundegebell und das lustige Geschrei der Jäger durch die Bäume, und das Rehlein hörte es und wäre gar zu gerne dabei gewesen. ‹Ach›, sprach es zum Schwesterlein, ‹laß mich hinaus in die Jagd, ich kann's nicht länger mehr aushalten›, und bat so lange, bis es einwilligte. ‹Aber›, sprach es zu ihm, ‹komm mir ja abends wieder, vor den wilden Jägern schließ' ich mein Türlein; und damit ich dich kenne, so klopf und sprich: «Mein Schwesterlein, laß mich herein!» Und wenn du nicht so sprichst, so schließ' ich mein Türlein nicht auf.› Nun sprang das Rehchen hinaus, und war ihm so wohl und war so lustig in freier Luft. Der König und seine Jäger sahen das schöne Tier und setzten ihm nach, aber sie konnten es nicht einholen, und wenn sie meinten, sie hätten es gewiß, da sprang es über das Gebüsch weg und war verschwunden. Als es dunkel ward, lief es zu dem Häuschen, klopfte und sprach: ‹Mein Schwesterlein, laß mich herein.› Da ward ihm die kleine Tür aufgetan, es sprang hinein und ruhte sich die ganze Nacht auf seinem weichen Lager aus. Am andern Morgen ging die Jagd von neuem an, und als das Rehlein wieder das Hüfthorn hörte und das ho, ho! der Jäger, da hatte es keine Ruhe und sprach: ‹Schwesterchen, mach mir auf, ich muß hinaus.› Das Schwesterchen öffnete ihm die Türe und sprach: ‹Aber zu Abend mußt du wieder da sein und dein Sprüchlein sagen.› Als der König und seine Jäger das Rehlein mit dem goldenen Halsband wieder sahen, jagten sie ihm alle nach, aber es war ihnen zu schnell und behend. Das währte den ganzen Tag, endlich aber hatten es die Jäger abends umzingelt, und einer verwundete es ein wenig am Fuß, so daß es hinken mußte und langsam fortlief. Da schlich ihm ein Jäger nach bis zu dem Häuschen und hörte, wie es rief: ‹Mein Schwesterlein, laß mich herein›, und sah, daß die Tür ihm aufgetan und alsbald wieder zugeschlossen ward. Der Jäger behielt das alles wohl im Sinn, ging zum König und erzählte ihm, was er gesehen und gehört hatte. Da sprach der König: ‹Morgen soll noch einmal gejagt werden.›

Das Schwesterchen aber erschrak gewaltig, als es sah, daß sein Rehkälbchen verwundet war. Es wusch ihm das Blut ab, legte Kräuter auf und sprach: ‹Geh auf dein Lager, lieb Rehchen, daß du wieder heil wirst.› Die Wunde aber war so gering, daß das Rehchen am Morgen nichts mehr davon spürte. Und als es die Jagdlust wieder draußen hörte, sprach es: ‹Ich kann's nicht aushalten, ich muß dabei sein; so bald soll mich keiner kriegen!› Das Schwesterchen weinte und sprach: ‹Nun werden sie dich töten, und ich bin hier allein im Wald und bin verlassen von aller Welt: ich laß dich nicht hinaus.› - ‹So sterb' ich dir hier vor Betrübnis›, antwortete das Rehchen, ‹wenn ich das Hüfthorn höre, so mein' ich, ich müßt' aus den Schuhen springen!› Da konnte das Schwesterchen nicht anders und schloß ihm mit schwerem Herzen die Tür auf, und das Rehchen sprang gesund und fröhlich in den Wald. Als es der König erblickte, sprach er zu seinen Jägern: ‹Nun jagt ihm nach den ganzen Tag bis in die Nacht, aber daß ihm keiner etwas zuleide tut.› Sobald die Sonne untergegangen war, sprach der König zum Jäger: ‹Nun komm und zeige mir das Waldhäuschen.› Und als er vor dem Türlein war, klopfte er an und rief: ‹Lieb Schwesterlein, laß mich herein.› Da ging die Tür auf, und der König trat herein, und da stand ein Mädchen, das war so schön, wie er noch keins gesehen hatte. Das Mädchen erschrak, als es sah, daß nicht sein Rehlein, sondern ein Mann hereinkam, der eine goldene Krone auf dem Haupt hatte. Aber der König sah es freundlich an, reichte ihm die Hand und sprach: ‹Willst du mit mir gehen auf mein Schloß und meine liebe Frau sein?› - ‹Ach ja›, antwortete das Mädchen, ‹aber das Rehchen muß auch mit, das verlaß ich nicht.› Sprach der König: ‹Es soll bei dir bleiben, solange du lebst, und soll ihm an nichts fehlen.› Indem kam es hereingesprungen; da band es das Schwesterchen wieder an das Binsenseil, nahm es selbst in die Hand und ging mit ihm aus dem Waldhäuschen fort.

Der König nahm das schöne Mädchen auf sein Pferd und führte es in sein Schloß, wo die Hochzeit mit großer Pracht gefeiert wurde, und war es nun die Frau Königin, und lebten sie lange Zeit vergnügt zusammen; das Rehlein ward gehegt und gepflegt und sprang in dem Schloßgarten herum. Die böse Stiefmutter aber, um derentwillen die Kinder in die Welt hineingegangen waren, die meinte nicht anders, als Schwesterchen wäre von den wilden Tieren im Walde zerrissen worden und Brüderchen als ein Rehkalb von den Jägern totgeschossen. Als sie nun hörte, daß sie so glücklich waren und es ihnen so wohlging, da wurden Neid und Mißgunst in ihrem Herzen rege und ließen ihr keine Ruhe, und sie hatte keinen andern Gedanken, als wie sie die beiden doch noch ins Unglück bringen könnte. Ihre rechte Tochter, die häßlich war wie die Nacht und nur ein Auge hatte, die machte ihr Vorwürfe und sprach: ‹Eine Königin zu werden, das Glück hätte mir gebührt.› – ‹Sei nur still›, sagte die Alte und sprach sie zufrieden, ‹wenn's Zeit ist, will ich schon bei der Hand sein.› Als nun die Zeit herangerückt war und die Königin ein schönes Knäblein zur Welt gebracht hatte und der König gerade auf der Jagd war, nahm die alte Hexe die Gestalt der Kammerfrau an, trat in die Stube, wo die Königin lag, und sprach zu der Kranken: ‹Kommt, das Bad ist fertig, das wird Euch wohltun und frische Kräfte geben: geschwind, eh' es kalt wird.› Ihre Tochter war auch bei der Hand, sie trugen die schwache Königin in die Badstube und legten sie in die Wanne: dann schlossen sie die Tür ab und liefen davon. In der Badstube aber hatten sie ein rechtes Höllenfeuer angemacht, daß die schöne junge Königin bald ersticken mußte.

Als das vollbracht war, nahm die Alte ihre Tochter, setzte ihr eine Haube auf und legte sie ins Bett an der Königin Stelle. Sie gab ihr auch die Gestalt und das Ansehen der Königin; nur das verlorene Auge konnte sie ihr nicht wiedergeben. Damit es aber der König nicht merkte, mußte sie sich auf die Seite legen, wo sie kein Auge hatte. Am Abend, als er heimkam und hörte, daß ihm ein Söhnlein geboren war, freute er sich herzlich und wollte ans Bett seiner lieben Frau gehen und sehen, was sie machte. Da rief die Alte geschwind: ‹Beileibe, laßt die Vorhänge zu, die Königin darf noch nicht ins Licht sehen und muß Ruhe haben.› Der König ging zurück und wußte nicht, daß eine falsche Königin im Bette lag.

Als es aber Mitternacht war und alles schlief, da sah die Kinderfrau, die in der Kinderstube neben der Wiege saß und allein noch wachte, wie die Türe aufging und die rechte Königin hereintrat. Sie nahm das Kind aus der Wiege, legte es in ihren Arm und gab ihm zu trinken. Dann schüttelte sie ihm sein Kißchen, legte es wieder hinein und deckte es mit dem Deckbettchen zu. Sie vergaß aber auch das Rehchen nicht, ging in die Ecke, wo es lag, und streichelte ihm über den Rücken. Darauf ging sie ganz stillschweigend wieder zur Türe hinaus, und die Kinderfrau fragte am andern Morgen die Wächter, ob jemand während der Nacht ins Schloß gegangen wäre, aber sie antworteten: ‹Nein, wir haben niemand gesehen.› So kam sie viele Nächte und sprach niemals ein Wort dabei; die Kinderfrau sah sie immer, aber sie getraute sich nicht, jemand etwas davon zu sagen.

Als nun so eine Zeit verflossen war, da hub die Königin in der Nacht an zu reden und sprach:

‹Was macht mein Kind? Was macht mein Reh?
Nun komm' ich noch zweimal und dann nimmermehr.›

Die Kinderfrau antwortete ihr nicht, aber als sie wieder verschwunden war, ging sie zum König und erzählte ihm alles. Sprach der König: ‹Ach Gott, was ist das! Ich will in der nächsten Nacht bei dem Kinde wachen.› Abends ging er in die Kinderstube, aber um Mitternacht erschien die Königin wieder und sprach:

‹Was macht mein Kind? Was macht mein Reh?
Nun komm' ich noch einmal und dann nimmermehr›,

und versorgte dann das Kind, wie sie gewöhnlich tat, ehe sie verschwand. Der König getraute sich nicht, sie anzureden, aber er wachte auch in der folgenden Nacht. Sie sprach abermals:

‹Was macht mein Kind? Was macht mein Reh?
Nun komm' ich noch diesmal und dann nimmermehr.›

Da konnte sich der König nicht zurückhalten, sprang zu ihr und sprach: ‹Du kannst niemand anders sein als meine liebe Frau.› Da antwortete sie: ‹Ja, ich bin deine liebe Frau›, und hatte in dem Augenblick durch Gottes Gnade das Leben wieder erhalten, war frisch, rot und gesund. Darauf erzählte sie dem König den Frevel, den die böse Hexe und ihre Tochter an ihr verübt hatten. Der König ließ beide vor Gericht führen, und es ward ihnen das Urteil gesprochen. Die Tochter ward in den Wald geführt, wo sie die wilden Tiere zerrissen, die Hexe aber ward ins Feuer gelegt und mußte jammervoll verbrennen. Und wie sie zu Asche verbrannt war, verwandelte sich das Rehkälbchen und erhielt seine menschliche Gestalt wieder; Schwesterchen und Brüderchen aber lebten glücklich zusammen bis an ihr Ende.

LUDWIG BECHSTEIN

Der Zauberwettkampf

Einstmals ging ein junger Buchbindergeselle in die Fremde und wanderte, bis kein Kreuzerlein mehr in seiner Tasche klimperte. Da endlich nötigte ihn sein gespanntes Verhältnis mit dem schlaff gewordenen Geldbeutel, ernstlich der Arbeit nachzufragen, und bald ward er auch von einem Meister angenommen und bekam es sehr, sehr gut. Sein Meister sprach zu ihm: ‹Gesell, du wirst es gut bei mir haben; die Arbeit, die du täglich zu tun hast, ist ganz geringe. Du kehrst nur die Bücher hier alle Tage recht säuberlich ab und stellst sie dann nach der Ordnung wieder auf. Aber dieses eine Büchlein, welches hier apart steht, darfst du nicht anrühren, viel weniger hineinsehen, sonst ergeht dir's schlimm, Bursche, merk dir's. Dagegen kannst du in den andern Büchern lesen, so viel du nur magst.›

Der Geselle beherzigte die Worte seines Meisters sehr wohl und hatte zwei Jahre lang die besten Tage, indem er täglich nur die Bücher säuberte, dann in manchem derselben las und dabei die vortrefflichste Kost hatte - jenes verbotene Büchlein ließ er gänzlich unangerührt. Dadurch erwarb er sich das volle Vertrauen seines

Herrn, so daß dieser öfters tagelang vom Hause entfernt blieb und auch zuweilen eine Reise unternahm.

Aber wie stets dem Menschen nach Verbotenem gelüstet, so regte sich einstmals, als der Meister auf mehrere Tage verreist war, in dem Gesellen eine mächtige Begierde, endlich doch zu wissen, was in dem Büchlein stehe, das immer ganz heilig an seinem bestimmten Orte lag. Denn alle andern Bücher hatte er bereits durchgelesen. Zwar sträubte sich sein Gewissen, das Verbotene zu tun, aber die Neugierde war mächtiger; er nahm das Büchlein, schlug es auf und fing an darinnen zu lesen. In dem Büchlein standen die größten kostbarsten Geheimnisse, die größten Zauberformeln waren darinnen enthalten, und es stellte sich dem staunenden, höchst verwunderten Gesellen nach und nach alles so sonnenklar heraus, daß er schon anfing, Versuche im Zaubern zu machen. Alles gelang. Sprach der Bursche ein kräftiges Zaubersprüchlein aus diesem Büchlein, so lag im Nu das Gewünschte vor ihm da. Auch lehrte das Büchlein, jede menschliche Gestalt in eine andere zu verwandeln. Nun probierte er mehr und mehr, und zuletzt machte er sich zu einer Schwalbe, nahm das Büchlein und flog im schnellsten Fluge seiner Heimat zu.

Sein Vater war nicht wenig erstaunt, als eine Schwalbe zu seinem Fenster einflog und plötzlich dann aus ihr sein Sohn wurde, den er zwei Jahre lang nicht gesehen. Der Bursche aber drückte den Alten herzlich an seine Brust und sprach: ‹Vater; nun sind wir glücklich und geborgen, ich bringe ein Zauberbüchlein mit, durch welches wir die reichsten Leute werden können.› Das gefiel dem Alten wohl, denn er lebte sehr dürftig. Bald darauf machte sich der junge Zauberer zu einem überaus großen fetten Ochsen und sprach zu seinem Vater: ‹Nun führet mich zum Markt und verkauft mich, aber fordert ja viel, recht viel, man wird mich teuer bezahlen, und vergesset ja nicht, das kleine Stricklein, welches um meinen linken Hinterfuß gebunden ist, abzulösen und wieder mit heimzunehmen, sonst bin ich verloren.›

Das machte der Vater alles so; er verkaufte den Ochsen für ein schweres Geld, denn als er nun mit ihm auf dem Markte erschien, versammelte sich gleich ein Haufen Volkes um ihn, alles bewunderte den Raritätsochsen, und Christen und Juden schlugen sich darum, ihn zu kaufen. Der Käufer aber, der das höchste Gebot tat und bezahlte und den Ochsen im Triumph von dannen führte, hatte am andern Morgen statt des herrlichen Ochsen ein Bündlein Stroh in seinem Stalle liegen. Und der Buchbindergeselle, der war wohlgemut wieder daheim bei seinem Vater und lebte mit ihm herrlich und in Freuden von dem Gelde. Manch einer macht sich auch zu einem großen fetten Ochsen, aber keiner kauft ihn teuer.

Bald darauf verzauberte der Bursch sich wieder in einen prächtigen Rappen und ließ sich von seinem Vater auf den Roßmarkt führen und verkaufen. Da lief wieder das Volk zusammen, um das wunderschöne, glänzend schwarze Roß zu sehen. Jener Meister Buchbinder aber, als er nach Hause zurückgekehrt war, hatte gleich gesehen, was vorgegangen, und da er eigentlich kein Buchbinder, sondern ein mächtiger Zauberer war, der nur zum Schein diese Beschäftigung trieb, so wußte er auch gleich, wieviel es geschlagen hatte, und setzte dem Entflohenen nach. Auf jenem Roßmarkt nun war der Meister unter den Käufern, und da er alle Stücklein des Zauberbüchelchens kannte, so merkte er alsobald, was es für eine Bewandtnis mit dem Pferd habe, und dachte: ‹Halt, jetzt will ich dich fangen.›

Und so suchte er für jeden Preis das Pferd zu kaufen, was ihm auch ohne große Mühe gelang, weil er es gleich um den ersten Kaufpreis annahm. Der Vater kannte den Käufer nicht, aber das Pferd fing an, heftig zu zittern und zu schwitzen, und gebärdete sich äußerst scheu und ängstlich, doch es konnte der Vater die nun so gefährliche Lage seines Sohnes nicht ahnen. Als das Pferd des neuen Eigentümers eingeführt und an den für dasselbe bestimmten Platz gestellt war, wollte der Vater wieder das Stricklein ablösen; aber der Käufer ließ dieses durchaus nicht zu, da er sehr wohl wußte, daß es dann um seinen Fang geschehen wäre. So mußte denn der Vater ohne Stricklein abziehen und dachte: ‹Er wird sich schon selbst helfen, kann er so viel, daß er sich zu einem Pferde macht, kann er sich gewiß auch wieder durch seine Zauberkunst dort in dem Stall losmachen und heimkommen.›

In jenem Pferdestall aber war ein mächtiges Gedränge von Menschen; groß und klein, alt und jung - alles wollte das ausgezeichnet schöne Roß beschauen. Ein kecker Knabe wagte sogar, das Pferd zu streicheln und liebkosend zu klopfen, und es ließ sich dieses, wie es schien, gar gerne gefallen, und als dieser Knabe sich immer vertraulicher näherte und das Pferd am Kopf und am Hals streichelte, da flüsterte es dem Knaben ganz leise zu: ‹Liebster Junge, hast du kein Messerchen einstecken?› Und der froh verwunderte Knabe antwortete: ‹O ja, ich habe ein recht scharfes.› Da sprach der Rappe wieder ganz leise: ‹Schneide einmal das Stricklein an meinem linken Hinterfuß ab›, und schnell schnitt es der Knabe entzwei.

Und in diesem Augenblicke fiel das schöne Roß vor aller Augen zusammen und ward ein Bündlein Stroh, und daraus flog eine Schwalbe hervor und aus dem Stall empor in die hohen blauen Lüfte. Der Meister hatte das Roß nur einen Augenblick außer acht gelassen, jetzt war keine Zeit zu verlieren. Er brauchte seine Kunst, verwandelte sich rasch in einen Geier und schoß der flüchtigen Schwalbe nach. Es bedurfte nur noch einer kleinen Weile, so hatte der Geier die Schwalbe in seinen Klauen, aber das Schwälblein merkte den Feind, blickte nieder auf die Erde und sah da gerade unter sich ein schönes Schloß, und vor dem Schloß saß eine Prinzessin, und flugs verwandelte sich das Schwälblein in einen goldenen Fingerreif, fiel nieder und gerade der holden Prinzessin auf den Schoß. Die wußte nicht, wie ihr geschah, und steckte das Ringlein an den Finger. Aber die scharfen Augen des Geiers hatten alles gesehen, und rasch verwandelte sich der Zaubermeister aus einem Geier in einen schmucken Junker und trat heran zur Prinzessin und bat sie höflichst und untertänigst, dieses Ringlein, mit welchem er soeben ein Kunststück gemacht habe, ihm wieder einzuhändigen. Die schöne Prinzessin

lächelte errötend, zog das Ringlein vom Finger und wollte es dem Künstler überreichen, doch siehe, da entfiel es ihren zarten Fingern und rollte als ein winziges Hirsekömlein in eine Steinritze.

Im Augenblicke verwandelte sich der Junker und wurde ein stolzer Gockelhahn, der mit seinem Schnabel emsig in der Steinritze nach dem Hirsekörnlein pickte, aber gleich darauf wurde aus dem Hirsekörnlein ein Fuchs, und dieser biß dem Gockel den Kopf ab. Und somit war der Zaubermeister besiegt. Jetzt aber nahm der junge Geselle wieder seine Gestalt an, sank der Prinzessin zu Füßen und pries sie dankend, daß sie ihn an ihrem Finger getragen und sich so mit ihm verlobt habe. Die Prinzessin war über alles, was vorgegangen war, mächtig erschrocken, denn sie war noch sehr jung und unerfahren, und schenkte ihm ihr Herz und ihre Hand, doch unter der Bedingung, daß er fortan aller Verwandlung entsage und ihr unwandelbar treu bleibe. Dies gelobte der Jüngling und opferte sein Zauberbüchlein den Flammen, woran er indes sehr übel tat, denn er hätte es ja dir, lieber Leser, oder mir schenken und vermachen können; in Ochsen hätten wir zwei uns gewißlich nicht verwandelt.

GEBRÜDER GRIMM

Hänsel und Gretel

Vor einem großen Walde wohnte ein armer Holzhacker mit seiner Frau und seinen zwei Kindern; das Bübchen hieß Hänsel und das Mädchen Gretel. Er hatte wenig zu beißen und zu brechen, und einmal, als große Teuerung ins Land kam, konnte er auch das täglich Brot nicht mehr schaffen. Wie er sich nun abends im Bette Gedanken machte und sich vor Sorgen herumwälzte, seufzte er und sprach zu seiner Frau: ‹Was soll aus uns werden? Wie können wir unsere armen Kinder ernähren, da wir für uns selbst nichts mehr haben?› – ‹Weißt du was, Mann›, antwortete die Frau, ‹wir wollen morgen in aller Frühe die Kinder hinaus in den Wald führen, wo er am dicksten ist: da machen wir ihnen ein Feuer an und geben jedem noch ein Stückchen Brot; dann gehen wir an unsere Arbeit und lassen sie allein. Sie finden den Weg nicht wieder nach Haus, und wir sind sie los.›– ‹Nein, Frau›, sagte der Mann, ‹das tue ich nicht; wie sollt ich's übers Herz bringen, meine Kinder im Walde allein zu lassen; die wilden Tiere würden bald kommen und sie zerreißen.› – ‹O du Narr›, sagte sie, ‹dann müssen wir alle viere

Hungers sterben, du kannst nur die Bretter für die Särge hobeln›, und ließ ihm keine Ruhe, bis er einwilligte. ‹Aber die armen Kinder dauern mich doch›, sagte der Mann.

Die zwei Kinder hatten vor Hunger auch nicht einschlafen können und hatten gehört, was die Stiefmutter zum Vater gesagt hatte. Gretel weinte bittere Tränen und sprach zu Hänsel: ‹Nun ist's um uns geschehen.› - ‹Still, Gretel›, sprach Hänsel, ‹gräme dich nicht, ich will uns schon helfen.› Und als die Alten eingeschlafen waren, stand er auf, zog sein Röcklein an, machte die Türe auf und schlich sich hinaus. Da schien der Mond ganz helle, und die weißen Kieselsteine, die vor dem Haus lagen, glänzten wie lauter Batzen. Hänsel bückte sich und steckte so viel in sein Rocktäschlein, als nur hinein wollten. Dann ging er wieder zurück, sprach zu Gretel: ‹Sei getrost, liebes Schwesterchen, und schlaf nur ruhig ein, Gott wird uns nicht verlassen›, und legte sich wieder in sein Bett.

Als der Tag anbrach, noch ehe die Sonne aufgegangen war, kam schon die Frau und weckte die beiden Kinder: ‹Steht auf, ihr Faulenzer, wir wollen in den Wald gehen und Holz holen.› Dann gab sie jedem ein Stückchen Brot und sprach: ‹Da habt ihr etwas für den Mittag, aber eßt's nicht vorher auf, weiter kriegt ihr nichts.› Gretel nahm das Brot unter die Schürze, weil Hänsel die Steine in der Tasche hatte. Danach machten sie sich alle zusammen auf den Weg nach dem Wald. Als sie ein Weilchen gegangen waren, stand Hänsel still und guckte nach dem Haus zurück und tat das wieder und immer wieder. Der Vater sprach: ‹Hänsel, was guckst du da und bleibst zurück, hab acht und vergiß deine Beine nicht.› - ‹Ach, Vater›, sagte Hänsel, ‹ich sehe nach meinem weißen Kätzchen, das sitzt oben auf dem Dach und will mir ade sagen.› Die Frau sprach: ‹Narr, das ist dein Kätzchen nicht, das ist die Morgensonne, die auf den Schornstein scheint.› Hänsel aber hatte nicht nach dem Kätzchen gesehen, sondern immer einen von den blanken Kieselsteinen aus seiner Tasche auf den Weg geworfen.

Als sie mitten in den Wald gekommen waren, sprach der Vater: ‹Nun sammelt Holz, ihr Kinder, ich will ein Feuer anmachen, damit ihr nicht friert.› Hänsel und Gretel trugen Reisig zusammen, einen kleinen Berg hoch. Das Reisig ward angezündet, und als die Flamme recht hoch brannte, sagte die Frau: ‹Nun legt euch ans Feuer, ihr Kinder, und ruht euch aus, wir gehen in den Wald und hauen Holz. Wenn wir fertig sind, kommen wir wieder und holen euch ab.›

Hänsel und Gretel saßen am Feuer, und als der Mittag kam, aß jedes sein Stücklein Brot. Und weil sie die Schläge der Holzaxt hörten, so glaubten sie, ihr Vater wäre in der Nähe. Es war aber nicht die Holzaxt, es war ein Ast, den er an einen dürren Baum gebunden hatte und den der Wind hin und her schlug. Und als sie so lange gesessen hatten, fielen ihnen die Augen vor Müdigkeit zu, und sie schliefen fest ein. Als sie endlich erwachten, war es schon finstere Nacht. Gretel fing an zu weinen und sprach: ‹Wie sollen wir nun aus dem Wald kommen!› Hänsel aber tröstete sie: ‹Wart nur ein Weilchen, bis der Mond aufgegangen ist, dann wollen wir den Weg schon finden.› Und als der volle Mond aufgestiegen war, so nahm Hänsel sein Schwesterchen an der Hand und ging den Kieselsteinen nach, die schimmerten wie neu geschlagene Batzen und zeigten ihnen den Weg. Sie gingen die ganze Nacht hindurch und kamen bei anbrechendem Tag wieder zu ihres Vaters Haus. Sie klopften an die Tür, und als die Frau aufmachte und sah, daß es Hänsel und Gretel war, sprach sie: ‹Ihr bösen Kinder, was habt ihr so lange im Walde geschlafen, wir haben geglaubt, ihr wolltet gar nicht wiederkommen.› Der Vater aber freute sich; denn es war ihm zu Herzen gegangen, daß er sie so allein zurückgelassen hatte.

Nicht lange danach war wieder Not in allen Ecken, und die Kinder hörten, wie die Mutter nachts im Bette zu dem Vater sprach: ‹Alles ist wieder aufgezehrt, wir haben noch einen halben Laib Brot, hernach hat das Lied ein Ende. Die Kinder müssen fort, wir wollen sie tiefer in den Wald hineinführen, damit sie den Weg nicht wieder heraus finden; es ist sonst keine Rettung für uns.› Dem Mann fiel's schwer aufs Herz, und er dachte: ‹Es wäre besser, daß du den letzten Bissen mit deinen Kindern teiltest.› Aber die Frau hörte auf nichts, was er sagte, schalt ihn und machte ihm Vorwürfe. Wer A sagt, muß auch B sagen, und weil er das erste Mal nachgegeben hatte, so mußte er es auch zum zweitenmal.

Die Kinder waren aber noch wach gewesen und hatten das Gespräch mit angehört. Als die Alten schliefen, stand Hänsel wieder auf, wollte hinaus und Kieselsteine auflesen wie das vorige Mal, aber die Frau hatte die Tür verschlossen, und Hänsel konnte nicht heraus. Aber er tröstete sein Schwesterchen und sprach: ‹Weine nicht, Gretel, und schlaf nur ruhig, der liebe Gott wird uns schon helfen.›

Am frühen Morgen kam die Frau und holte die Kinder aus dem Bette. Sie erhielten ihr Stückchen Brot, das war aber noch kleiner als das vorige Mal. Auf dem Wege nach dem Wald bröckelte es Hänsel in der Tasche, stand oft still und warf ein Bröcklein auf die Erde. ‹Hänsel, was stehst du und guckst dich um›, sagte der Vater, ‹geh deiner Wege.› – ‹Ich sehe nach meinem Täubchen, das sitzt auf dem Dache und will mir ade sagen›, antwortete Hänsel. ‹Narr›, sagte die Frau, ‹das ist dein Täubchen nicht, das ist die Morgensonne, die auf den Schornstein oben scheint.› Hänsel aber warf nach und nach alle Bröcklein auf den Weg.

Die Frau führte die Kinder noch tiefer in den Wald, wo sie ihr Lebtag noch nicht gewesen waren. Da ward wieder ein großes

Feuer angemacht, und die Mutter sagte: ‹Bleibt nur da sitzen, ihr Kinder, und wenn ihr müde seid, könnt ihr ein wenig schlafen: wir gehen in den Wald und hauen Holz, und abends, wenn wir fertig sind, kommen wir und holen euch ab.› Als es Mittag war, teilte Gretel ihr Brot mit Hänsel, der sein Stück auf den Weg gestreut hatte. Dann schliefen sie ein, und der Abend verging, aber niemand kam zu den armen Kindern. Sie erwachten erst in der finstern Nacht, und Hänsel tröstete sein Schwesterchen und sagte: ‹Wart nur, Gretel, bis der Mond aufgeht, dann werden wir die Brotbröcklein sehen, die ich ausgestreut habe, die zeigen uns den Weg nach Haus.› Als der Mond kam, machten sie sich auf, aber sie fanden kein Bröcklein mehr; denn die vieltausend Vögel, die im Walde und im Felde umherfliegen, die hatten sie weggepickt. Hänsel sagte zu Gretel: ‹Wir werden den Weg schon finden›, aber sie fanden ihn nicht. Sie gingen die ganze Nacht und noch einen Tag von Morgen bis Abend, aber sie kamen aus dem Wald nicht heraus und waren so hungrig; denn sie hatten nichts als die paar Beeren, die auf der Erde wuchsen. Und weil sie so müde waren, daß die Beine sie nicht mehr tragen wollten, so legten sie sich unter einen Baum und schliefen ein.

Nun war's schon der dritte Morgen, daß sie ihres Vaters Haus verlassen hatten. Sie fingen wieder an zu gehen, aber sie gerieten immer tiefer in den Wald, und wenn nicht bald Hilfe kam, so mußten sie verschmachten. Als es Mittag war, sahen sie ein schönes schneeweißes Vöglein auf einem Ast sitzen, das sang so schön, daß sie stehen blieben und ihm zuhörten. Und als es fertig war, schwang es seine Flügel und flog vor ihnen her, und sie gingen ihm nach, bis sie zu einem Häuschen gelangten, auf dessen Dach es sich setzte, und als sie ganz nah herankamen, so sahen sie, daß das Häuslein aus Brot gebaut war und mit Kuchen gedeckt; aber die Fenster waren von hellem Zucker. ‹Da wollen wir uns dranmachen›, sprach Hänsel, ‹und eine gesegnete Mahlzeit halten. Ich will ein Stück vom Dach essen, Gretel, du kannst vom Fenster essen, das schmeckt süß.› Hänsel reichte in die Höhe und brach sich ein wenig vom Dach ab, um zu versuchen, wie es schmeckte, und Gretel stellte sich an die Scheiben und knuperte daran. Da rief eine feine Stimme aus der Stube heraus:

‹Knuper knuper kneischen,
wer knupert an meinem Häuschen?›

Die Kinder antworteten:

‹Der Wind, der Wind,
das himmlische Kind›,

und aßen weiter, ohne sich irre machen zu lassen. Hänsel, dem das Dach sehr gut schmeckte, riß sich ein großes Stück davon herunter, und Gretel stieß eine ganze runde Fensterscheibe heraus, setzte sich nieder und tat sich wohl damit. Da ging auf einmal die Türe auf, und eine steinalte Frau, die sich auf eine Krücke stützte, kam herausgeschlichen.

Hänsel und Gretel erschraken so gewaltig, daß sie fallen ließen, was sie in den Händen hielten. Die Alte aber wackelte mit dem Kopfe und sprach: ‹Ei, ihr lieben Kinder, wer hat euch hierher gebracht? Kommt nur herein und bleibt bei mir, es geschieht euch kein Leid.› Sie faßte beide an der Hand und führte sie in ihr Häuschen. Da ward gutes Essen aufgetragen, Milch und Pfannekuchen mit Zucker, Äpfel und Nüsse. Hernach wurden zwei schöne Bettlein weiß gedeckt, und Hänsel und Gretel legten sich hinein und meinten, sie wären im Himmel.

Die Alte hatte sich nur so freundlich angestellt, sie war aber eine böse Hexe, die den Kindern auflauerte, und hatte das Brothäuslein bloß gebaut, um sie herbeizulocken. Wenn eins in ihre Gewalt kam, so machte sie es tot, kochte es und aß es, und das war ihr ein Festtag. Die Hexen haben rote Augen und können nicht weit sehen, aber sie haben eine feine Witterung wie die Tiere und merken's, wenn Menschen herankommen. Als Hänsel und Gretel in ihre Nähe kamen, da lachte sie boshaft und sprach höhnisch: ‹Die habe ich, die sollen mir nicht wieder entwischen.› Früh morgens, ehe die Kinder erwacht waren, stand sie schon auf, und als sie beide so lieblich ruhen sah, mit den vollen roten Backen, so murmelte sie vor sich hin: ‹Das wird ein guter Bissen werden.› Da packte sie Hänsel mit ihrer dürren Hand und trug ihn in einen kleinen Stall und sperrte ihn mit einer Gittertüre ein: er mochte schreien, wie er wollte, es half ihm nichts. Dann ging sie zur Gretel, rüttelte sie wach und rief: ‹Steh auf, Faulenzerin, trag Wasser und koch deinem Bruder etwas Gutes, der sitzt draußen im Stall und soll fett werden. Wenn er fett ist, so will ich ihn essen.› Gretel fing an bitterlich zu weinen, aber es war alles vergeblich; sie mußte tun, was die böse Hexe verlangte.

Nun ward dem armen Hänsel das beste Essen gekocht, aber Gretel bekam nichts als Krebsschalen. Jeden Morgen schlich die Alte zu dem Ställchen und rief: ‹Hänsel, streck deine Finger heraus, damit ich fühle, ob du bald fett bist.› Hänsel streckte ihr aber ein Knöchlein heraus, und die Alte, die trübe Augen hatte, konnte es nicht sehen und meinte, es wären Hänsels Finger, und verwunderte sich, daß er gar nicht fett werden wollte. Als vier Wochen herum waren und Hänsel immer noch mager blieb, da überkam sie die Ungeduld, und sie wollte nicht länger warten. ‹Heda, Gretel›, rief sie dem Mädchen zu, ‹sei flink und trag Wasser: Hänsel mag fett oder mager sein, morgen will ich ihn schlachten und kochen.› Ach, wie jammerte das arme Schwesterchen, als es das Wasser tragen mußte, und wie flossen ihm die Tränen über die Backen herunter! ‹Lieber Gott,

hilf uns doch›, rief sie aus, ‹hätten uns nur die wilden Tiere im Wald gefressen, so wären wir doch zusammen gestorben.› – ‹Spar nur dein Geplärre›, sagte die Alte, ‹es hilft dir alles nichts.›

Früh morgens mußte Gretel heraus, den Kessel mit Wasser aufhängen und Feuer anzünden. ‹Erst wollen wir backen›, sagte die Alte, ‹ich habe den Backofen schon eingeheizt und den Teig geknetet.› Sie stieß das arme Gretel hinaus zu dem Backofen, aus dem die Feuerflammen schon herausschlugen. ‹Kriech hinein›, sagte die Hexe, ‹und sieh zu, ob recht eingeheizt ist, damit wir das Brot hineinschieben können.› Und wenn Gretel darin war, wollte sie den Ofen zumachen, und Gretel sollte darin braten, und dann wollte sie's auch aufessen.

Aber Gretel merkte, was sie im Sinn hatte, und sprach: ‹Ich weiß nicht, wie ich's machen soll; wie komm' ich da hinein?› –‹Dumme Gans›, sagte die Alte, ‹die Öffnung ist groß genug, siehst du wohl, ich könnte selbst hinein›, krabbelte heran und steckte den Kopf in den Backofen. Da gab ihr Gretel einen Stoß, daß sie weit hineinfuhr, machte die eiserne Tür zu und schob den Riegel vor. Hu! da fing sie an zu heulen, ganz grauselich; aber Gretel lief fort, und die gottlose Hexe mußte elendiglich verbrennen.

Gretel aber lief schnurstracks zum Hänsel, öffnete sein Ställchen und rief: ‹Hänsel, wir sind erlöst, die alte Hexe ist tot.› Da sprang Hänsel heraus wie ein Vogel aus dem Käfig, wenn ihm die Türe aufgemacht wird. Wie haben sie sich gefreut, sind sich um den Hals gefallen, sind herumgesprungen und haben sich geküßt! Und weil sie sich nicht mehr zu fürchten brauchten, so gingen sie in das Haus der Hexe hinein, da standen in allen Ecken Kasten mit Perlen und Edelsteinen. ‹Die sind noch besser als Kieselsteine›, sagte Hänsel und steckte in seine Taschen, was hinein wollte, und Gretel sagte: ‹Ich will auch etwas mit nach Haus bringen›, und füllte sich sein

Schürzchen voll. - ‹Aber jetzt wollen wir fort›, sagte Hänsel, ‹damit wir aus dem Hexenwald herauskommen.› Als sie aber ein paar Stunden gegangen waren, gelangten sie an ein großes Wasser. ‹Wir können nicht hinüber›, sprach Hänsel, ‹ich sehe keinen Steg und keine Brücke.› - ‹Hier fährt auch kein Schiffchen›, antwortete Gretel, ‹aber da schwimmt eine weiße Ente, wenn ich die bitte, so hilft sie uns hinüber.› Da rief sie:

‹Entchen, Entchen,
da steht Gretel und Hänsel.
Kein Steg und keine Brücke,
nimm uns auf deinen weißen Rücken.›

Das Entchen kam auch heran, und Hänsel setzte sich auf und bat sein Schwesterchen, sich zu ihm zu setzen. ‹Nein›, antwortete Gretel, ‹es wird dem Entchen zu schwer, es soll uns nacheinander hinüberbringen.› Das tat das gute Tierchen, und als sie glücklich drüben waren und ein Weilchen fortgingen, da kam ihnen der Wald immer bekannter und immer bekannter vor, und endlich erblickten sie von weitem ihres Vaters Haus. Da fingen sie an zu laufen, stürzten in die Stube hinein und fielen ihrem Vater um den Hals. Der Mann hatte keine frohe Stunde gehabt, seitdem er die Kinder im Walde gelassen hatte, die Frau aber war gestorben. Gretel schüttete sein Schürzchen aus, daß die Perlen und Edelsteine in der Stube herumsprangen, und Hänsel warf eine Handvoll nach der andern aus seiner Tasche dazu. Da hatten alle Sorgen ein Ende, und sie lebten in lauter Freude zusammen. Mein Märchen ist aus, dort läuft eine Maus, wer sie fängt, darf sich eine große, große Pelzkappe daraus machen.

Hans Christian Andersen

Das Feuerzeug

Es kam ein Soldat auf der Landstraße daher marschiert: Eins, zwei! Eins, zwei! Er hatte seinen Tornister auf dem Rücken und einen Säbel an der Seite, denn er war im Kriege gewesen und wollte nun nach Hause. Da begegnete er einer alten Hexe auf der Landstraße, die war sehr widerlich. Ihre Unterlippe hing ihr bis auf die Brust hinab. Sie sagte: ‹Guten Abend, Soldat! Was hast du doch für einen schönen Säbel und großen Tornister! Du bist ein wahrer Soldat! Nun sollst du so viel Geld haben, wie du besitzen magst!›

‹Ich danke dir, du alte Hexe!› sagte der Soldat.

‹Siehst du den großen Baum dort?› sagte die Hexe und zeigte auf einen Baum, der neben ihnen stand. ‹Er ist inwendig hohl, von dem mußt du den Gipfel erklettern, dann erblickst du ein Loch, durch welches du dich hinablassen und tief in den Baum gelangen kannst! Ich werde dir einen Strick um den Leib binden, damit ich dich wieder heraufziehen kann, wenn du mich rufst.›

‹Was soll ich denn da unten im Baume?› fragte der Soldat.

‹Geld holen!› sagte die Hexe. ‹Wisse, wenn du auf den Boden

unter dem Baume kommst, so bist du in einer großen Halle. Da ist es hell, denn da brennen über dreihundert Lampen. Dann erblickst du drei Türen, du kannst sie öffnen, der Schlüssel steckt daran. Gehst du in die erste Kammer hinein, so siehst du mitten auf dem Fußboden eine große Kiste, auf derselben sitzt ein Hund; er hat Augen so groß wie ein Paar Teetassen. Doch das braucht dich nicht zu stören. Ich gebe dir meine blaukarierte Schürze, die kannst du auf dem Fußboden ausbreiten, geh dann rasch hin und nimm den Hund, setze ihn auf meine Schürze, öffne die Kiste und nimm so viel Schillinge, wie du willst. Sie sind von Kupfer. Willst du lieber Silber haben, so mußt du in das nächste Zimmer hineingehen. Aber da sitzt ein Hund, der hat Augen so groß wie Mühlräder. Doch darum mußt du dich nicht kümmern! Setze ihn auf meine Schürze und nimm von dem Gelde! Willst du hingegen Gold haben, so kannst du es auch bekommen, und zwar so viel, wie du tragen kannst, wenn du in die dritte Kammer hineingehst. Aber der Hund, welcher dort auf dem Goldkasten sitzt, hat zwei Augen, jedes so groß wie ein Turm. Glaube mir, es ist ein böser Hund! Aber fürchte dich nicht deshalb! Setze ihn nur auf meine Schürze, so tut er dir nichts, und nimm aus der Kiste so viel Gold, wie du willst.›

‹Das ist so übel nicht!› sagte der Soldat. ‹Aber was soll ich dir geben, du alte Hexe, denn umsonst wirst du es wohl nicht tun?›

‹Doch!› sagte die alte Hexe. ‹Nicht einen einzigen Schilling will ich haben! Für mich sollst du nur ein altes Feuerzeug nehmen, welches meine Großmutter vergaß, als sie das letztemal unten war.›

‹Nun, so binde mir den Strick um den Leib!› sagte der Soldat.

‹Hier ist er›, sagte die Hexe, ‹und hier ist meine blaukarierte Schürze.›

Da kletterte der Soldat auf den Baum hinauf, ließ sich in das Loch hinuntergleiten und stand dann, wie die Hexe gesagt hatte, unten in der großen Halle, wo die vielen hundert Lampen brannten.

Nun öffnete er die erste Tür. Uh! da saß der Hund mit den Augen so groß wie Teetassen und glotzte ihn an.

‹Du bist ein netter Kerl!› sagte der Soldat, setzte ihn auf die Schürze der Hexe und nahm so viele Kupferschillinge, wie seine Taschen fassen konnten, schloß dann die Kiste, setzte den Hund wieder darauf und ging in das andere Zimmer hinein. Richtig! da saß der Hund mit den Augen so groß wie Mühlräder.

‹Du solltest mich lieber nicht so starr ansehen!› sagte der Soldat. ‹Deine Augen könnten dir übergehen!› Und dann setzte er den Hund auf die Schürze der Hexe. Aber als er all das Silbergeld in der Kiste erblickte, warf er all das Kupfergeld, das er hatte, fort und füllte sich die Taschen und den Tornister nur mit Silber. Dann ging er in die dritte Kammer. - Nein, das war häßlich! Der Hund darin hatte wirklich zwei Augen, jedes so groß wie ein Turm, die drehten sich im Kopfe gerade wie Räder.

‹Guten Abend!› sagte der Soldat und griff an die Mütze, denn einen solchen Hund hatte er früher nie gesehen. Als er ihn aber etwas genauer betrachtet hatte, dachte er, nun ist es genug, hob ihn auf die Diele herunter und machte die Kiste auf. Gott! was war da für eine Menge Gold! Er konnte dafür die ganze Stadt und die Marzipanschweine der Kuchenfrauen, alle Zinnsoldaten, Peitschen und Schaukelpferde in der ganzen Welt kaufen. Ja, das war wirklich viel Gold! Nun warf der Soldat alles Silbergeld, womit er Taschen und Tornister gefüllt hatte, fort und nahm dafür Gold, ja, alle Taschen, der Tornister, die Mütze und die Stiefel wurden gefüllt, so daß er kaum gehen konnte. Nun hatte er Geld! Den Hund setzte er auf die Kiste, schlug die Tür zu und rief dann durch den Baum hinauf.

‹Zieh mich jetzt in die Höhe, du alte Hexe!›

‹Hast du auch das Feuerzeug?› fragte die Hexe.

‹Donnerwetter!› sagte der Soldat, ‹das hätte ich fast vergessen!› Und dann ging er und holte es. Die Hexe zog ihn herauf, und da stand er wieder auf der Landstraße mit Taschen, Stiefeln, Tornister und Mütze voll Gold.

‹Was willst du mit dem Feuerzeug machen?› fragte der Soldat.

‹Das geht dich nichts an!› sagte die Hexe. ‹Du hast ja Geld bekommen! Gib mir nun das Feuerzeug!› –

‹Ach was›, sagte der Soldat. ‹Wirst du mir gleich sagen, was du damit machen willst? Oder ich ziehe meinen Säbel und schlage dir den Kopf ab!›

‹Nein!› sagte die Hexe.

Gleich schlug der Soldat ihr den Kopf ab. Da lag sie! Er aber band all sein Gold in ihre Schürze, nahm es wie ein Bündel auf seinen Rücken, steckte das Feuerzeug in die Tasche und ging geradewegs in die Stadt.

Das war eine prächtige Stadt! Und in dem prachtvollsten Wirtshause kehrte er ein, verlangte die allerbesten Zimmer und seine Lieblingsspeisen, denn nun war er ja reich, da er so viel Geld hatte.

Dem Diener, welcher seine Stiefel putzen sollte, kam es freilich vor, als wären es recht wunderbar alte Stiefel für einen so reichen Herrn. Aber er hatte sich noch keine neuen gekauft, am nächsten Tage bekam er anständige Stiefel und schöne Kleider. Nun war aus einem Soldaten ein vornehmer Herr geworden, und die Leute erzählten ihm von all den Herrlichkeiten, die in ihrer Stadt wären, und von ihrem Könige, und was für eine niedliche Prinzessin seine Tochter sei.

‹Wo kann man sie zu sehen bekommen?› fragte der Soldat.

‹Sie ist gar nicht zu Gesicht zu bekommen›, sagten alle, ‹sie wohnt in einem großen kupfernen Schlosse, von vielen Mauern und Türmen umgeben! Niemand außer dem König darf bei ihr ein- und ausgehen, denn es ist prophezeiet, daß sie an einen gewöhnlichen Soldaten verheiratet wird, und das kann der König nicht erlauben.›

‹Die möchte ich wohl sehen!› dachte der Soldat, aber dazu konnte er keine Erlaubnis erhalten!

Nun lebte er recht lustig, besuchte das Theater, fuhr in des Königs Garten und gab den Armen viel Geld, und das war hübsch von ihm, er wußte noch von früheren Zeiten her, wie schlimm es ist, nicht einen Schilling zu besitzen! Er war nun reich, hatte schöne Kleider und bekam sehr viele Freunde, die alle sagten, er sei ein vortrefflicher Mensch, ein wahrer Kavalier. Und das hatte der Sodat gern. Aber da er jeden Tag Geld ausgab und nie etwas einnahm, so blieben ihm zuletzt nicht mehr als zwei Schillinge übrig, und er mußte die schönen Zimmer verlassen, worin er gewohnt hatte, und oben in einer kleinen Kammer unter dem Dache wohnen, seine Stiefel sich selbst putzen und sie mit einer Stopfnadel zusammennähen. Keiner seiner Freunde kam zu ihm, denn es waren zu viele Treppen hinaufzusteigen.

Es war ein dunkler Abend, und er konnte sich nicht einmal eine Kerze kaufen. Aber es fiel ihm ein, daß er ein Feuerzeug aus dem hohlen Baume, in den die Hexe ihm hinuntergeholfen, genommen hatte. Er suchte das Feuerzeug hervor, aber gerade, indem er Feuer anmachte und die Flamme aus dem Feuerzeuge aufschlug, sprang die Tür auf, und der Hund, welcher Augen so groß wie ein Paar Teetassen hatte, und den er unter dem Baume gesehen, stand vor ihm und sagte: ‹Was befiehlt mein Herr?›

‹Was ist das?› fragte der Soldat. ‹Das ist ja ein lustiges Feuerzeug, wenn ich so bekommen kann, was ich haben will! - Beschaffe mir etwas Geld!› sagte er zum Hunde, und wipps! war der Hund fort, wipps! war er wieder da und hielt einen großen Beutel voll Schillinge in seiner Schnauze.

Nun wußte der Soldat, was für ein prächtiges Feuerzeug das war! Strich er einmal daran, so kam der Hund, der auf der Kiste mit Kupfergeld saß, strich er zweimal, so kam der, welcher das Silbergeld hatte, und strich er dreimal, so der, welcher das Gold bewachte. Jetzt zog der Soldat wieder in die schönen Zimmer hinunter und erschien von neuem in schönen Kleidern. Da erkannten ihn gleich alle seine Freunde wieder und hielten sehr viel auf ihn.

Da dachte er einst: es ist doch etwas Sonderbares, daß man die Prinzessin nicht zu sehen bekommen kann. Sie soll sehr schön sein, sagen alle, aber was hilft das, wenn sie immer in dem großen Kupferschlosse mit den vielen Türmen sitzen muß! - Kann ich sie denn gar nicht zu sehen bekommen? - Wo ist nur mein Feuerzeug? Und so strich er Feuer an, und wipps! da kam der Hund mit den Augen so groß wie Teetassen.

‹Es ist freilich mitten in der Nacht!› sagte der Soldat, ‹aber ich möchte gern die Prinzessin nur einen Augenblick sehen!›

Der Hund war gleich aus der Tür, und ehe der Soldat sich's versah, kam er mit der Prinzessin wieder. Sie saß und schlief auf dem Rücken des Hundes und war so lieblich, daß ein jeder sehen konnte, daß sie wirklich eine Prinzessin war. Der Soldat konnte es nicht unterlassen, sie zu küssen, denn er war ganz und gar Soldat.

Darauf lief der Hund mit der Prinzessin wieder zurück. Doch als es Morgen wurde und der König und die Königin Tee tranken, sagte die Prinzessin, sie hätte in der vorigen Nacht einen sonderbaren Traum von einem Hunde und einem Soldaten gehabt, sie wäre auf dem Hunde geritten, und der Soldat hätte sie geküßt.

‹Das wäre wahrlich eine schöne Geschichte!› sagte die Königin.

Nun sollte in der nächsten Nacht eine der alten Hofdamen am

Bette der Prinzessin wachen, um zu sehen, ob es wirklich ein Traum wäre oder was es sonst sein möchte.

Der Soldat hatte eine außerordentliche Sehnsucht, die Prinzessin wiederzusehen, und so kam denn der Hund in der Nacht, holte sie und lief so schnell, wie er konnte. Aber die alte Hofdame zog Wasserstiefel an und lief eben so schnell hinterher. Als sie nun sah, daß sie in einem großen Hause verschwanden, dachte sie, nun weiß ich, wo es ist, und machte mit einem Stück Kreide ein großes Kreuz an die Türe. Dann ging sie nach Hause und legte sich nieder, und der Hund kam auch mit der Prinzessin wieder. Aber als er sah, daß ein Kreuz an die Türe des Hauses, wo der Soldat wohnte, gemacht war, nahm er auch ein Stück Kreide und machte Kreuze an alle Haustüren in der Stadt, und das war klug getan, denn nun konnte ja die Hofdame die richtige Tür nicht finden, da an allen Türen Kreuze waren.

Frühmorgens kam der König und die Königin, die alte Hofdame und alle Offiziere, um zu sehen, wo die Prinzessin gewesen war.

‹Da ist es!› sagte der König, als er die erste Tür mit einem Kreuz daran erblickte.

‹Nein, dort ist es, mein lieber Mann!› sagte die Königin, als sie die zweite Tür ebenfalls mit einem Kreuze sah.

‹Aber da ist eins und dort ist eins!› sagten alle. Wohin sie auch blickten, war ein Kreuz an den Türen. Da begriffen sie denn wohl, daß ihnen das Suchen nichts helfen würde.

Aber die Königin war eine äußerst kluge Frau, die mehr konnte, als nur in einer Kutsche fahren. Sie nahm ihre große goldene Schere, schnitt ein Stück Seidenzeug in Stücke und nähte daraus einen kleinen niedlichen Beutel, den füllte sie mit feiner Buchweizengrütze, band ihn der Prinzessin auf den Rücken, und als das getan war, schnitt sie ein kleines Loch in den Beutel, so daß die

Grütze den ganzen Weg bestreuen mußte, den die Prinzessin nahm.

In der Nacht kam nun der Hund wieder, nahm die Prinzessin auf den Rücken und lief mit ihr zum Soldaten hin, der sie sehr lieb hatte und gern ein Prinz gewesen wäre, um sie zur Frau bekommen zu können.

Der Hund merkte nicht, wie die Grütze gerade vom Schlosse bis zu dem Fenster des Soldaten, wo er die Mauer mit der Prinzessin hinauflief, sich ausstreute. Am Morgen sahen der König und die Königin nun wohl, wo ihre Tochter gewesen war, und da nahmen sie den Soldaten und setzten ihn ins Gefängnis.

Da saß er nun. Hu, wie dunkel und langweilig war es dort! Und sie sagten ihm: ‹Morgen wirst du gehängt werden.› Das zu hören war eben nicht belustigend, und sein Feuerzeug hatte er im Gasthofe gelassen. Am Morgen konnte er durch das Eisengitter vor dem kleinen Fenster sehen, wie sich das Volk beeilte, aus der Stadt zu kommen, um ihn hängen zu sehen. Er hörte die Trommeln und sah die Soldaten marschieren. Alle Menschen liefen hinaus, darunter war auch ein Schuhmacherjunge mit Schurzfell und Pantoffeln, der lief so im Galopp, daß ihm ein Pantoffel von einem Fuße ab- und gerade gegen die Mauer anflog, wo der Soldat saß und durch das Eisengitter hinausguckte.

‹Ei, du Schuhmacherjunge! Du brauchst nicht solche Eile zu haben!› sagte der Soldat zu ihm. ‹Es fängt doch nicht an, bevor ich da bin! Aber willst du hinlaufen, wo ich gewohnt habe, und mir mein Feuerzeug holen, so will ich dir vier Schillinge geben. Aber du mußt die Beine in die Hand nehmen!› Der Schuhmacherjunge wollte gern die vier Schillinge verdienen und holte das Feuerzeug, gab es dem Soldaten, und ja, nun werden wir hören!

Außerhalb der Stadt war ein großer Galgen gebaut, rings herum standen die Soldaten und viele Hunderttausend Menschen. Der

König und die Königin saßen auf einem prächtigen Throne den Richtern und dem ganzen Rate gegenüber.

Der Soldat stand schon oben auf der Leiter, aber als sie ihm den Strick um den Hals legen wollten, sagte er, daß man ja immer einem armen Sünder, bevor er seine Strafe erleide, die Erfüllung eines unschuldigen Wunsches gewähre. Er möchte so gern eine Pfeife Tabak rauchen, es wäre ja die letzte Pfeife in dieser Welt.

Das wollte der König ihm denn auch nicht verwehren, und so nahm der Soldat sein Feuerzeug und schlug Feuer an, eins, zwei, drei. Und siehe, da standen plötzlich alle drei Hunde, der mit den Augen, so groß wie Teetassen, der mit den Augen so groß wie Mühlräder und der, dem jedes Auge so groß wie ein Turm war.

‹Helft mir nun, daß ich nicht gehängt werde!› sagte der Soldat. Und da fielen die Hunde über den Richter und den ganzen Rat her, nahmen den einen bei den Beinen und den andern bei der Nase und warfen sie so hoch in die Luft, daß sie niederfielen und in lauter Stücke zersprangen.

‹Ich will nicht!› sagte der König, aber der größte Hund nahm sowohl ihn wie die Königin und warf sie den andern nach, da erschraken die Soldaten, und alles Volk rief: ‹Guter Soldat, du sollst unser König sein und die schöne Prinzessin haben!›

Dann setzten sie den Soldaten in des Königs Kutsche, und die drei Hunde tanzten voran und riefen: ‹Hurra!‹ Und die Knaben pfiffen auf den Fingern, und die Soldaten präsentierten das Gewehr. Die Prinzessin kam aus dem kupfernen Schlosse und wurde Königin, und das gefiel ihr wohl! Die Hochzeit währte acht Tage, und die Hunde saßen mit bei Tische und machten große Augen.

Inhalt

Sonderausgabe für Weltbild Verlag, Augsburg
Gestaltung: Friederike Pondelik und Hans-Joachim Schauß
Lektorat: Eva Girke-Labonté
Printed in Italy

ISBN: 3-89604-478-8